Lina-Sophia Clement

# Im Feuer der Liebe

## Drei historische Liebesromane

1

# Im Feuer der Liebe

Kläffend setzte die Meute hinter dem Fuchs her. Die Hatz ging über abgemähte Felder, die Hügel hinunter, Richtung Weißenburg, von dort in großem Bogen zu Schloss Thürnheim zurück. Am Marienkreuz überquerte die Jagdgesellschaft den Bach, nahm am Waldrand einige Hindernisse und raste im Galopp über ein Feld, auf dem noch vor ein paar Tagen goldgelber Weizen gestanden hatte.

Katharina von Thürnheim sah sich um. Ihr Vater und Graf von Pollak, ein alter Haudegen, der noch unter Kaiser Franz dem II. gedient hatte, waren ihr bis zur Mühle dicht auf den Fersen gewesen. Doch inzwischen waren die beiden ein ganzes Stück zurückgefallen. Ihre Mutter und der Rest der Jagdgesellschaft lagen so weit ab, dass Katharina sie nur noch als einen einzigen, schattenhaften Pulk wahrnahm.

Das Mädchen lachte. Es hatte sie alle abgehängt. Es hatte ihnen gezeigt, wer hier die beste Reiterin war und das beste Pferd unter dem Sattel hatte! Doch als Katharina nun wieder nach vorne sah, gefror ihr vor

Schreck das Blut in den Adern. Nur ein paar Galoppsprünge weiter lag ein umgekippter Baum, und sein Geäst war viel zu hoch, um darüber hinwegspringen zu können. Kurz entschlossen riss sie die Zügel herum, ihre Stute schlug einen Haken, Katharina wurde aus dem Sattel katapultiert und blieb mit einem Aufschrei bewegungslos am Boden liegen.

Eine Weile war es dunkel vor ihren Augen. Sie hörte nur das Zwitschern der Vögel und ein Knacken im Geäst. Als es ihr schließlich gelang, die Augen wieder zu öffnen, sah sie ein Gesicht über sich. Es gehörte einem jungen Mann, den sie zuvor noch nie gesehen hatte. Er war etwa fünf Jahre älter als sie, hatte dunkles gelocktes Haar und strahlende dunkle Augen, die sie besorgt anblickten.

'Es muss ein Traum sein', dachte sie. 'Dieses Gesicht - dieses schöne Gesicht und die dunklen sanften Augen! Und wenn es kein Traum ist, dann ist es ein Engel, und ich bin gar nicht mehr unter den Lebenden, sondern im Himmel!'

Doch im nächsten Moment fühlte sie eine Hand auf ihrer Wange und hörte den Mann ganz irdisch fragen:

„Was ist mit Ihnen, haben Sie sich verletzt? Katharina! So antworten Sie doch!"

Nein, es war kein Traum und auch kein Engel, die Stimme war Wirklichkeit!

Nun beugte er sich noch weiter zu ihr herunter. Sein Gesicht kam ihr so nahe, dass sie seinen Atem spüren konnte. Sein Blick war so besorgt und so voller unverhohlener Liebe, dass ihr Herz ein paar Takte lang stillstand, nur um danach doppelt so schnell weiterzuschlagen.

„Tut dir ... tut Ihnen etwas weh?", fragte er.

„Weiß nicht. Vielleicht hier?" Sie legte ihren Finger auf ihre Lippen. „Ich glaube, hier sollten Sie einmal nachfühlen ..." Sie griff in seinen Nacken und zog ihn zu sich herunter, dann schloss sie die Augen und spürte seinen Kuss. Ein sanfter Kuss, nur ein Hauch, und trotzdem traf er sie ganz tief im Innersten.

Es war um sie geschehen. In einem Roman, den sie sich heimlich aus der Bibliothek ihres Vaters geholt hatte, hatte sie einmal gelesen, dass es so etwas wie

Liebe auf den ersten Blick gab. Aber sie hatte geglaubt, dass es sich dabei nur um die Phantasiegespinste von Dichtern und Schriftstellern handelte. Doch es war nicht gelogen - jetzt war sie selbst von so einem berauschenden, alles überragenden Gefühl getroffen. Wie von einem Blitzschlag aus heiterem Himmel!

„Haben wir uns denn wirklich noch nie zuvor gesehen?" Sie stützte sich auf die Ellenbogen und sah ihn forschend an.

„Aber ja doch - ich bin Sebastian von Stetten. Der Enkel von Herbert von Stetten. Ich bin jedes Jahr im Herbst ein paar Wochen auf dem Gut meines Großvaters zu Besuch. Weißt du denn nicht mehr? Du warst sechs, ich elf Jahre alt, als ich dich einmal über den Bach trug, damit du keine nassen Füße bekamst. Du hattest ein aprikosenfarbenes Kleid an, dazu weiße Strümpfe und dunkelblaue Schuhe. Die Haare hattest du seitlich zu Zöpfen geflochten und um die Ohren geschlungen, dass sie aussahen wie die kleinen Nussschnecken, die Großvaters Köchin immer bäckt." Er lachte.

„Das weißt du alles noch?" Sie runzelte die Stirn.

„Natürlich. Und danach sind wir den ganzen Nachmittag über die Wiesen gelaufen. Ich habe Frösche für dich gefangen, und du hast mir einen Kranz aus Gänseblümchen gebunden. Und ein Spiel hast du mir beigebracht, dass du Spion nanntest."

Katharina nickte. „Ja - dabei muss einer irgendetwas verstecken und der andere muss dann herausfinden, was es sein könnte und danach suchen."

„Du hast einen Tannenzapfen versteckt, und als ich es herausgefunden hatte, hast du behauptet, es sei etwas ganz anderes gewesen!" Sebastian lachte. „Schon damals habe ich gewusst, dass ich dich ..." Er brach ab, war erschrocken darüber, dass er ihr fast gesagt hätte, was er dachte und seit ihrer beider Kindheit für sie empfand. Aber es stand ihm nicht zu. Er war der Nachkomme eines verarmten Barons, Katharina war die Erbin des Grafen von Thürnheim. Dazwischen lagen Welten.

Abrupt stand er auf und reichte ihr die Hand. Als sie auf die Beine kam, lächelte sie ihn an. „Dass ich dich liebe, wollten Sie wohl sagen, Herr Baron?"

Sie streifte den Rock ihres Reitkostüms glatt, rückte den kleinen flachen Zylinder gerade, zupfte sich die Stocklocken zurecht und sah sich um. Vom Tal herauf kamen nun auch die anderen. Zehn oder zwölf Reiter im ersten Pulk. Ganz vorne ihr Vater und neben ihm ein Mann, der ihre Stute eingefangen hatte und am Zügel mit sich führte. Katharina hatte ihn natürlich im Schloss schon gesehen, aber sie kannte ihn nicht, und er wurde ihr bisher auch nicht vorgestellt. Er war etwa vierzig Jahre alt, groß und korpulent, hatte ein hartes Gesicht und eine wulstige Narbe unter dem rechten Auge.

„Weißt du, wer das ist?" fragte sie Sebastian.

„Ja, ich kenne ihn. Das ist Herzog Karl von Landau-Rotherich", antwortete er. „Er hat einige Jahre in Ungarn gelebt. Vor zwei Jahren starb seine Frau bei der Geburt ihres ersten Kindes. Der Mann ist sehr vermögend und hat keine Erben. Er sucht eine Frau, deshalb kam er im Winter nach Deutschland zurück und lebt nun auf seinem Landgut in der Nähe von Augsburg."

Vor Katharina und Sebastian parierten die Reiter durch. Graf von Thürnheim sprang vom Pferd und legte seiner Tochter die Hände auf die Schultern. „Fehlt Euch etwas, Kind?"

„Aber nein - Herr von Stetten hat sich vorbildlich um mich gekümmert!" Lachend sah sie von ihm zu ihrem Vater. Dann nahm sie Karl von Landau-Rotherich den Zügel ihrer Stute aus der Hand, bedankte sich flüchtig und wandte sich wieder an Sebastian. „Wenn Sie mir jetzt noch den Bügel halten würden, Baron von Stetten?"

Er half ihr in den Sattel, und Katharina sah von oben auf ihn herunter.

„Bestimmt sehen wir uns heute Abend zum Fest auf Schloss Thürnheim? Sie kommen doch? Dann kann ich mich mit einem Tanz bei Ihnen bedanken."

„Ich nehme die Einladung gerne an." Sebastian lächelte, und zwei Grübchen bildeten sich auf seinen Wangen. „Ganz bestimmt werde ich da sein, ich verspreche es."

Er verneigte sich. Ein letzter Blick, dann wendete Katharina ihre Stute und ritt davon.

Sebastian von Stetten stieg ebenfalls auf sein Pferd. Er gehörte nicht zur Jagdgesellschaft, war nur zufällig vorbeigekommen, hatte den umgestürzten Baum gesehen und wollte ihn für die Waldarbeiter seines Großvaters kennzeichnen. Doch jetzt war der Baum nicht mehr wichtig, er musste nach Hause. Bis zum Abend gab es noch vieles zu tun, und um den Baum konnte er sich auch morgen noch kümmern.

Gerade wollte er in den Waldweg einbiegen, als ihm plötzlich Mechthild von Thürnheim, Katharinas Mutter, den Weg abschnitt. Wie ihre Tochter hatte sie blondes Haar, ein schmales Gesicht mit hohen Wangenknochen und schöne volle Lippen. Aber im Gegensatz zu den strahlenden blauen Augen Katharinas wirkten ihre kalt und abweisend.

„Ich danke Ihnen, dass Sie meiner Tochter geholfen haben, Herr von Stetten."

„Das war doch selbstverständlich." Er deutete eine Verbeugung an.

„Das heißt aber nicht, dass Sie sich andere Rechte herausnehmen können!"

Sebastian fuhr zusammen. Plötzlich war da so viel Verachtung in ihrer Stimme, dass ihm ganz kalt wurde.

„Sie sollten sich vor Augen halten, was Ihnen zusteht und was nicht. Ich verbitte mir, dass Sie meiner Tochter den Kopf verdrehen!" Sein Wallach scheute, als sie ihm grob in die Zügel griff. Mit funkelnden Augen sah sie ihn an. „Ich gehe davon aus, dass sich Ihr Großvater heute Abend nicht wohl fühlt und Sie bei ihm zu Hause bleiben müssen."

Er öffnete den Mund, um etwas zu entgegnen, schloss ihn dann aber wieder. „Natürlich ..." murmelte er und sah ihr nach, wie sie davontrabte und sich neben ihrem Mann in den Pulk einreihte.

*

Lachend drehte sich Katharina vor dem Spiegel. „Steht mir das?", fragte sie und strich mit beiden Händen über die türkisblaue Seide ihres Kleides, das

mit silbernen Bändern und kleinen gelben Stoff-
röschen verziert war.

„Wunderschön!" Annie, ihre Zofe, die früher einmal
ihre Kinderfrau gewesen war, hatte Tränen in den Augen. Ach, ihre liebe Kleine, ihr wildes Fohlen, das so
viel vom Leben erwartete und nicht ahnte, wie grausam es in Wirklichkeit war!

Am Nachmittag, als Katharina von der Jagd zurückge-
kehrt war, hatte sie ihr von diesem jungen Mann erzählt: „Meine herzallerliebste Annie, du, ich habe
mich verliebt! Und weißt du, was ich glaube - er liebt
mich auch! Nein, ich glaube es nicht, ich bin mir ganz
sicher! Wie zärtlich er mich angesehen hat! Und was
er alles von mir wusste! Sogar wie ich meine Haare
als Kind trug, konnte er noch sagen."

Ihr Blick schweifte über Annie hinweg in die Ferne, so
als ob sie dort irgendwo Sebastian erkennen könnte.
Doch plötzlich sah sie ihre Zofe wieder an. „Und
heute Abend wird er da sein, und wir werden tanzen,
und ich werde in seinen Augen lesen, was er für mich
empfindet!" Glücklich hatte Katharina Annie in die
Arme geschlossen, sie voller Übermut auf den grauen

Scheitel geküsst und dann lachend herumgewirbelt.

Auch jetzt nahm das Mädchen ihre alte Kinderfrau wieder in die Arme. „Aber was weinst du denn, dumme Annie!" Katharina schüttelte den Kopf. „Das Leben ist doch so wunderbar, und du bist traurig?"

„Ja, dumm bin ich, da hast du recht ..." Annie seufzte und wischte sich die Tränen ab. Was hätte sie ihrer Kleinen sonst auch antworten sollen? Dass das Leben keineswegs so wunderbar war, wie sie jetzt noch glaubte? Dass ihre Eltern längst einen Mann für sie gefunden hatten? Dass in ihren Kreisen Geld und Titel die Gefühle regierten und man sie nicht fragen wird, in wen sie sich verliebt hatte und ob er noch wusste, wie sie die Haare als Kind einmal trug?

Traurig sah sie ihren Schützling an. „Amüsiere dich gut, mein Engel!" Sie drückte ihr einen Kuss aufs Haar und ließ sie gehen.

Das kleine Orchester spielte bereits. Man trank Champagner aus gläsernen Kelchen, redete, lachte und tanzte. Doch als Katharina die Treppe herunterschritt, richteten sich alle Blicke auf sie, und die Gespräche verstummten. Sie lächelte und grüßte artig nach rechts und nach links. Doch in Wahrheit suchte sie unter all den Leuten nur nach einem - nach Sebastian! Sie hatte sich ausgemalt, dass er, sofort wenn er sie sah, zu ihr kommen würde, um ihr die Hand zu reichen und sie in den Saal zu führen. Sie hatte sich nach seinem Lächeln und seiner schönen warmen Stimme gesehnt. Sie hatte geglaubt, auch für ihn wären die Stunden bis zum Abend so quälend langsam verstrichen, dass er keine Minute zu spät da sein würde. Doch jetzt war nichts von ihm zu sehen ...

Vor Enttäuschung schnürte sich ihr Herz zusammen. Wie weh das tat! Am liebsten hätte sie auf dem Absatz kehrtgemacht und wäre wieder nach oben gelaufen. Hinauf zu Annie, um sich in ihre Arme zu werfen, sich von ihr trösten zu lassen.

Plötzlich stand ihre Mutter vor ihr.

„Da bist du ja, Liebes!" Sie nahm sie am Ellenbogen und führte sie quer durch den Saal zu ihrem Vater, der mit Karl von Landau-Rotherich und einigen anderen Gästen am Fenster stand und über eine Lady Jane

Ellenborough aus London sprach, die sich derzeit in München aufhielt und gute Aussichten hatte, in König Ludwigs ‚Galerie der schönen Münchnerinnen‘ aufgenommen zu werden. Wie es hieß, hatte er seinem Hofmaler Stieler bereits den Auftrag erteilt, diese Dame von etwas zweifelhaftem Ruf zu portraitieren.

„Ah, da ist ja das reizende Fräulein Tochter!“ Gräfin Reinwegen, eine Freundin ihrer Mutter, die immer etwas zu laut sprach und zu auffällig gekleidet war, tätschelte Katharina die Wange. „Aber was ist denn, Kindchen - eben haben Sie noch gestrahlt wie die aufgehende Sonne, und nun sehen Sie plötzlich so traurig aus?“

Katharina versuchte zu lächeln. „Bitte entschuldigen Sie, Gräfin. Es ist nur … der Kopf!“

„Ach, der Kopf. Ja, ja, das kenne ich.“ Gräfin Reinwegen verzog den Mund zu einem mitleidigen Lächeln.

Karl von Landau-Rotherich verbeugte sich vor Katharina, dabei betrachtete er sie in einer Weise, die ihr unangenehm war. Als würden sie sich näher kennen.

Als hätten sie etwas miteinander zu schaffen. „Ich hoffe, Sie haben den Sturz ohne Folgen überstanden, gnädiges Fräulein?"

„Ja, danke der Nachfrage." Ihre Antwort klang schnippisch. Sie starrte die wulstige, rotglänzende Narbe unter seinem rechten Auge an. Nun er auch noch ihren Arm, als hätte er irgendwelche Rechte! Was glaubte er eigentlich, was nahm er sich heraus! Nur weil er diesen Namen trug, war es ihm noch lange nicht erlaubt, sich ihr gegenüber so ungebührlich zu benehmen!

„Bitte entschuldigen Sie mich." Auf einmal drehte sich Katharina um und lief mit hastigen Schritten davon. Nur weg von hier!

Es war die erste Soiree, an der sie teilnehmen durfte. Was hatte sie sich davon Großartiges erhofft! Und nun war alles so enttäuschend für sie. So steif und verlogen und kein bisschen amüsant! Und dass Sebastian von Stetten nicht gekommen war, obwohl er es ihr doch versprochen hatte … nur mit Mühe schaffte sie es bis auf ihr Zimmer, bevor sie in Tränen ausbrach.

Sie lag auf dem Bett und weinte. Annie saß neben ihr und versuchte sie zu trösten. Plötzlich flog die Tür auf, und Mechthild von Thürnheim stand im Zimmer.

„Lass uns allein!", herrschte sie die Zofe an, und als Annie die Tür hinter sich zugezogen hatte, befahl sie ihrer Tochter: „Steh auf, und sieh mich an!"

Langsam richtete sich Katharina auf.

„Nun - ich warte. Steh auf!"

Katharina stellte sich vor ihre Mutter hin.

„Solltest du auf diesen von Stetten gewartet haben, so muss ich dir sagen, er wird nicht kommen. Weder heute noch ein andermal. Du bist nicht irgendein Mädel, das einer wie der heiraten könnte. Du bist eine von Thürnheim und deinem Namen verpflichtet. Im Frühjahr wirst du ganz offiziell dein Debüt haben, und du wirst einen Mann heiraten, der zu dir passt."

„Aber ..."

„Ein Aber gibt es nicht!", schnitt ihre Mutter ihr das Wort ab.

„Aber die Liebe, ich muss meinen Mann doch auch lieben können", begehrte Katharina dennoch auf.

„Liebe vergeht so schnell wie Schönheit!" Ihre Mutter sah sie mitleidig an. „Wenn dann noch etwas bleibt, was dir das Leben erleichtert und du einem gewissen gesellschaftlichen Stand angehörst, kannst du von Glück reden. Tausende von Mädchen, die sich einmal von ihren Gefühlen foppen ließen und sich voller Illusionen irgendeinem Mann an den Hals warfen, würden liebend gerne mit dir tauschen und einen Herzog von Landau-Rotherich heiraten!"

Katharina erblasste. „Du willst doch nicht etwa sagen, dass ihr vorhabt ..."

„Ich will nichts Anderes sagen, als dass du erwachsen werden und der Wahrheit ins Gesicht schauen sollst. Für heute bleibst du auf deinem Zimmer. Ich werde dich bei unseren Gästen entschuldigen. Morgen packt Annie das Nötigste für dich ein, und deine Tante wird dich mit nach München nehmen."

„Nein!" Katharina schlug beide Hände vors Gesicht.

Ihre Tante, Margarete von Trattnigg, war eine kaltherzige Frau … beinahe noch kaltherziger als ihre Mutter! Und München war so weit weg, und sie kannte dort niemanden! Und Sebastian …, wenn sie erst einmal in München war, würde sie ihn dann je wiedersehen?

Tapfer kämpfte sie gegen eine neuerliche Tränenflut an. „Darf ich wenigstens Annie mitnehmen?", fragte sie verzweifelt.

„Wozu? Eine von Margaretes Zofen wird sich um dich kümmern, da brauchst du Annie nicht."

Damit fiel die Tür hinter Mechthild von Thürnheim ins Schloss, und Katharinas Welt lag in Scherben.

*

Katharina hatte vor Sehnsucht und Gram die halbe Nacht geweint. Sie erwachte aus bleischwerem Schlaf, als Lisa, die Zofe ihrer Tante, das Zimmer betrat und die Vorhänge zur Seite zog.

Die Sonne, die durchs Fenster fiel, schmerzte in Katharinas Kopf wie tausend Nadelstiche. Sie setzte sich auf und starrte auf das Tablett, das Lisa ihr auf den Schoß stellte. Brot, Tee, allerlei Köstlichkeiten - aber wieder kein Brief.

„Ist denn keine Post für mich gekommen?", fragte sie.

„Nein, Komtess, tut mir leid." Lisa knickste und zog sich zurück.

Katharina kämpfte gegen eine neuerliche Flut von Tränen an. Seit sie in München war, hatte sie einige Briefe an Sebastian geschrieben aber nie eine Antwort erhalten. Auch von Annie hatte sie seit zwei Monaten nichts mehr gehört. Nur von ihrer Mutter kam hin und wieder ein Billett - ein paar hastig hingeschriebene Worte, auf die sie genauso gut verzichten konnte.

Katharina stellte das Tablett auf den Nachttisch, stand auf und trat ans Fenster. Es war der dreißigste März, ein wunderschöner Frühlingsmorgen. Früher war sie an solchen Tagen ausgeritten, aber nicht einmal mehr dazu hatte sie Lust. Den ganzen Winter war sie nicht aus dem Haus gegangen, und immer noch kannte sie kaum eine Menschenseele in München. Sie legte auch gar keinen Wert darauf. Sie hatte ihre große Liebe verloren, sie musste bei ihrer verhassten Tante leben, vermisste Annie so sehr - ihr Leben lag da wie ein einziger Scherbenhaufen. Alles, wovon sie je geträumt hatte, schien für immer unerreichbar zu sein.

Es klopfte, und ihre Tante trat ein. „Guten Morgen, meine Liebe."

„Guten Morgen, Tante."

Margarete von Trattnigg sah auf das Frühstück, das unberührt auf dem Nachttisch stand. „Du musst etwas essen." Es klang nicht besorgt, sondern wie ein Befehl.

„Danke, aber ich habe keinen Hunger."

„Du hast abgenommen. Deine Mutter wird behaupten, ich kümmere mich nicht ausreichend um dich."

„Wird sie denn kommen?"

„Sie ist bereits hier. Sie traf gestern Abend ein, doch

du warst schon zu Bett gegangen. Wir wollten dich nicht stören. Doch jetzt will sie unbedingt mit dir reden. Wenn du angezogen bist, komm in den kleinen Salon."

Margarete von Trattnigg ging. An der Tür drehte sie sich noch einmal um. „Und esse ein paar Bissen!"

Als die Tür hinter ihr ins Schloss gefallen war, sank Katharina aufs Bett. Dass ihre Mutter da war, hieß nichts Gutes!

Gräfin Thürnheim saß auf dem Sofa am Kamin. Ihr dunkelblaues Wollkleid war mit bestickten Bordüren versehen. Sie sah elegant und hochmütig aus wie immer.

Ihre Tochter knickste vor ihr. „Ich hoffe, Sie hatten eine gute Reise, Mama."

„Danke. Ich komme von Dachau. Es war nicht allzu weit. Aber nun zu dir. In vier Wochen findet in der Residenz ein großer Ball statt. Da wirst du dein Debüt geben, das haben dein Vater und ich beschlossen."

Katharina biss sich auf die Lippen. Ihre zitternden

Hände versteckte sie in der Falte ihres Rockes. Sie wusste, was das bedeutete! Hatte sie erst einmal ihr Debüt gegeben und galt offiziell als in die Gesellschaft eingeführt, würde sie auch schon bald verheiratet werden. Sie schloss die Augen und sah Karl von Landau-Rotherich vor sich. Diesen alten, hässlichen Mann mit der dicken roten Narbe unter dem Auge. Ein Schauder durchzuckte sie, am liebsten wäre sie fortgelaufen. Aber sie wusste, dass fortlaufen zwecklos war und alles noch viel schlimmer machen würde.

„Am Nachmittag kommt die Schneiderin", fuhr ihre Mutter fort. „Sie wird dir eine Ballrobe nähen. Du musst mehr essen, du bist dünn wie eine Lanze. Und du musst ausreiten, damit du etwas frische Luft bekommst. Man glaubt sonst noch, du hättest die Schwindsucht."

„Aber..."

„Kein Aber! Ich werde den Reitknecht für zwölf Uhr bestellen, und du wirst pünktlich sein." Ihre Mutter sah sie streng an. „Und noch etwas. Ich verbitte dir, weiterhin Briefe an diesen von Stetten zu schreiben."

Katharina sah sie aus großen Augen an. „Wieso weißt du davon?"

„Er hat dir geantwortet. Margarete hat die Briefe zur Seite gelegt, und ich habe sie heute Morgen verbrannt. Und auch an Annie brauchst du nicht mehr zu schreiben. Sie hat bereits vor zwei Monaten das Haus verlassen. Wohin sie gegangen ist, das wissen wir nicht."

Katharina starrte ihre Mutter an. Tränen sammelten sich in ihren Augen, traten über den unteren Rand ihrer Wimpern und zerplatzen auf ihrem Kleid. Plötzlich drehte sie sich um und stürzte mit einem kläglichen Jammerlaut aus dem Salon, rannte über den Flur in ihr Zimmer und warf sich schluchzend auf das Bett.

Sebastian hatte ihr also geschrieben! Wie hatte sie nur ernsthaft annehmen können, seine Briefe würden bei ihr ankommen oder irgendein anderer Brief würde sie ungelesen erreichen? Und Annie, ihre liebe Annie war verschwunden! Annie, die ihr mehr war als eine Mutter! Und sie wusste nicht, ob sie sie je wiedersehen würde. Mein Gott, was hatte sie nur getan, dass sie all das ertragen musste.

*

Um zwölf Uhr war sie fertig angekleidet und trat vors Haus. Paul, der Reitknecht, wartete bereits. Er war ein einfacher Mann, groß, stark wie ein Bär und nicht gerade mit Intelligenz geschlagen. Aber er hatte ein freundliches, kindliches Gemüt, und er verehrte Katharina. Er nannte sie immer nur Komtesschen, und sie beließ es dabei.

„Schönen guten Mittag, Komtesschen", begrüßte er sie und verneigte sich vor ihr.

„Guten Tag, Paul."

„Ich habe Ihre Salome den ganzen Winter über an der Longe laufen lassen, damit sie bei Kräften bleibt und nicht krank wird."

„Das war gut Paul, danke. Reiten wir in den Englischen Garten."

„Ja, Komtesschen." Er hielt ihr den Bügel, und als sie im Sattel saß, stieg auch er auf sein Pferd und folgte ihr in gebührendem Abstand.

Im Spätherbst war sie zwei- oder dreimal in diesen Park geritten, an dem nun schon seit vierzig Jahren gearbeitet wurde und der immer noch nicht fertig angelegt war. Den Weg kannte sie noch. Als sie den ‚Monopteros-Tempel‘ hinter sich gelassen hatten, bog sie links ab zum ‚Chinesischen Turm‘. Sie wollte gerade antraben, als ihr plötzlich ein junger Mann vors Pferd sprang. Mit einem Aufschrei zog sie so heftig an den Zügeln, dass ihre Stute leicht stieg. Sofort sprang Paul aus dem Sattel und wollte den vermeintlichen Angreifer in den Schwitzkasten nehmen, doch Katharina rief ihn zurück.

„Nein, Paul, lass ihn! Es ist ein lieber Freund von mir!“ Das sagte sie, sprang ebenfalls vom Pferd und lag auch schon in Sebastians Armen. „Ich kann es nicht glauben - aber du bist es wirklich!“

„Ja, ich bin es.“ Er nahm ihre Hände und küsste sie.

Katharina trat einen Schritt zurück, sah über die Schulter zurück. Paul starrte sie an. Er durfte nicht erlauben, dass sein 'Komtesschen' einen fremden Mann umarmte, ja, nicht einmal, dass sie vom Pferd stieg. Katharina wusste, er musste den Vorfall ihrer

Tante melden, und sie wusste auch, was das bedeutete: Sie würde das Haus nicht mehr verlassen dürfen! Aber es war ihr egal. Sebastian war hier! Das war alles, was jetzt zählte.

Sie fasste sich ein Herz. „Paul, ich bitte dich, lass diesen Herren und mich ein paar Worte wechseln. Schau, er ist ein Freund von zu Hause. Wir haben als Kinder miteinander gespielt, und ich kenne hier niemanden. Verstehst du, das ist wie ein Stück Heimat für mich!"

Paul dachte nach. Dabei sah er Sebastian an, als wollte er ihm an den Hals gehen. Doch schließlich nickte er. „Gut, Komtesschen, redet mit ihm, aber er darf Euch nicht mehr anfassen!"

„Danke, Paul!" Katharina atmete erleichtert auf. Dann sah sie Sebastian an. „Erst heute habe ich erfahren, dass du mir geschrieben hast, aber sie haben deine Briefe abgefangen, und ich habe sie nie erhalten!"

„Ich hatte es schon befürchtet", sagte er. „Es waren

sechs. Seit vier Wochen lebe ich ebenfalls in München, nur um in deiner Nähe zu sein. Ein Freund meines Vaters gibt mir Logis. Ich kam fast täglich hier her in den ‚Englischen Garten‘. Ich hoffte, irgendwann würdest du ausreiten, und dann würdest du hier vorbeikommen.“

Er fasste nach ihren Händen, zog sie an sich und sah ihr tief in die Augen.

„Nicht tun!“, rief Paul, der abseitsstand und sie mit Argusaugen beobachtete.

Sofort trat Sebastian einen Schritt zurück.

„Du hast jeden Tag auf mich gewartet?“ Katharina schüttelte bestürzt den Kopf. „Mein Gott, wenn ich das nur geahnt hätte! Ich hatte solch eine Sehnsucht nach dir! Ich war krank davon! Und darum habe ich keinen Fuß mehr vor die Tür gesetzt.“

„Wir müssen nach Hause, Komtesschen!“, warnte Paul.

„Ja, ich komme.“ Katharina sah wieder zu Sebastian. „Ich werde auf dem Maiball mein Debüt geben.

Wenn du kommst, können wir uns sehen. Vielleicht können wir sogar einen Tanz miteinander tanzen." Sie hatte Tränen in den Augen, denn sie wusste, wenn es überhaupt gelang, dann würde es vermutlich nicht nur ihr erster, sondern auch ihr letzter gemeinsamer Tanz sein, und sie würden beide große Schwierigkeiten bekommen.

„Ich werde da sein", versprach Sebastian. Er half ihr in den Sattel und sah ihr mit schwerem Herzen nach.

*

Es gelang Katharina, Paul das Versprechen abzunehmen, dass er ihr Geheimnis für sich behielt. Sie ritt nun täglich aus, und Sebastian wartete auch immer an derselben Stelle. Nur mit ihm reden durfte sie nicht mehr, denn Paul ließ es nicht zu.

„Ihr dürft das nicht von mir verlangen, Komtesschen", sagte er. „Eure Tante würde mich in den Kerker werfen lassen. Ihr müsst Mitleid haben."

„Ja, natürlich, Paul." Sie legte ihre Hand auf seinen Arm. „Ich danke dir, dass du mich nicht verrätst."

So vergingen die Tage und Wochen bis zum Ball.

Als sich Katharina in ihrem neuen Kleid vorm Spiegel drehte, erinnerte sie sich an die Soiree am Abend der Fuchsjagd. Auch damals hatte sie sich vor dem Spiegel gedreht, und ihre geliebte Annie hatte sie bewundert und ganz traurig dreingeschaut. Sie hatte wohl damals schon gewusst, dass es für sie und Sebastian keine Zukunft geben würde.

„Liebe Annie", flüsterte sie. Damit nahm sie ihren Fächer, drehte sich um und ging hinunter, wo bereits ihre Eltern auf sie warteten.

*

Die ganze Münchner Gesellschaft war auf dem Ball, auch diese Lady Jane Ellenborough aus London, die König Ludwigs Herz gewonnen hatte, und über die sich derzeit alle die Mäuler zerrissen. Doch Katharina hatte, wie schon damals auf der Soiree im Hause ihres Vaters, nur einen Gedanken - Sebastian. Nach ihm suchten ihre Augen, wenn sie sich im Tanz drehte, und die Vorstellung, dass er sich hier irgendwo aufhielt und sie ansah, ließ sie vor Glück erschaudern.

Umso schlimmer empfand sie die Nähe des Herzogs von Landau-Rotherich. Sein kalter, besitzergreifender Blick, seine steife Haltung und wie er mit ihr umsprang, machten ihr Angst und stießen sie ab. Bei ihm kam sie sich vor, als ob sie ein Hündchen wäre, das zu kuschen hatte. Sie hasste diesen Mann, und der Gedanke, dass man sie mit ihm verheiraten wollte, war so grauenhaft für sie, dass sie lieber gestorben wäre.

Sie hatte schon ein paar Tänze hinter sich, als sie Sebastian endlich entdeckte. Er hielt sich im Hintergrund, beobachtete sie und wartete ganz offensichtlich einen günstigen Zeitpunkt ab, um sie aufzufordern.

Als sie für einen Augenblick unbeobachtet war und etwas abseitsstand und das Orchester im selben Moment einen Walzer anklingen ließ, stand Sebastian plötzlich neben ihr. Er verbeugte sich, griff nach ihrer Hand, und schon waren sie auf der Tanzfläche und hatten sich unter die anderen Paare gemischt.

Fürst Landau-Rotherich und ihre Mutter starrten ihnen nach. Doch sie konnten sie nicht von der Tanzfläche holen, ohne Aufsehen zu erregen. So mussten sie zusehen, wie sich Katharina und Sebastian im Arm hielten und im Dreivierteltakt durch den Saal schwebten. Man sah es ihnen an: Sie waren verliebt, und sie waren ein wunderschönes Paar. Alle bestaunten sie, und so manche der anwesenden Frauen mag tief in ihrem Innersten vor Mitgefühl und in Erinnerung an die eigene verlorene Liebe junger Jahre leise geseufzt haben.

Für Katharina und Sebastian stand die Welt still. Zuerst hatte ihr Herz noch geklopft, weil sie Angst hatten, man könnte sie wieder auseinanderreißen. Doch bald schon klopfte es nur noch vor Erregung und weil die füreinander empfundene Liebe sie so sehr überwältigte. Mit jedem Walzerschritt durchtanzten sie ein Stück Zukunft, die es nicht geben würde.

Die Gespräche ringsum verstummten. Sogar Lady Jane Ellenborough sah zu ihnen herüber und erkundigte sich bei ihrem Tänzer, wer das schöne Paar dort sei.

„Sie ist die Komtess Katharina von Thürnheim. Wie man hört, die zukünftige Braut von Fürst Landau-Rotherich. Doch wer der junge Mann ist, das weiß ich leider nicht."

„O", machte Lady Jane Ellenborough nur und nickte wissend. Sie hatte ein ähnliches Schicksal durchleiden müssen und wusste, wie schmerzlich es war zu lieben und gleichzeitig an einen ungeliebten Mann verheiratet zu werden.

Dann war plötzlich der ganze Zauber vorbei. Mit dem letzten Takt der Musik war auch Katharinas Glück verklungen. Sebastian brachte sie zu ihrer Mutter zurück, die ihn mit Blicken durchbohrte. Fürst Landau-Rotherich hätte ihn am liebsten zu einem Duell herausgefordert, aber damit hätte er noch mehr Aufsehen erregt. Er ließ seinen jungen Kontrahenten ungeschoren abziehen, wendete sich aber in unwirschem Ton an Katharinas Mutter.

„Sorgen Sie dafür, Gräfin, dass Ihre Tochter sich in Zukunft gebührend benimmt." Er sah Katharina an. „Ich erwarte, dass Sie die nächsten drei Tänze mit mir tanzen und dann diesen Ball verlassen."

Katharina antwortete nicht. Hocherhobenen Hauptes stand sie da und sah ihn fast triumphierend an. Egal, was sich in Zukunft noch ereignen würde - diesen Tanz mit Sebastian konnte ihr niemand mehr nehmen. Mochte dieser schreckliche Mann sie heiraten, aber ihr Herz würde er niemals erreichen.

Am nächsten Morgen um elf Uhr klingelte Fürst Karl von Landau-Rotherich bei Margarete von Trattnigg. Ein Diener führte ihn in den Salon. Graf und Gräfin von Thürnheim saßen am Kamin, Frau von Trattnigg stand am Fenster.

Sie begrüßte den Gast und bot ihm eine Tasse Tee an, die er jedoch ablehnte.

„Ich werde Katharina holen", sagte sie und zog sich diskret zurück.

Als sie zwanzig Minuten später mit dem Mädchen im Salon erschien, war das, was im Stillen längst beschlossene Sache gewesen war, auch offiziell besprochen. Mit versteinerter Miene nahm das Mädchen die Nachricht entgegen, dass sie bereits in zwei Monaten Fürstin Katharina von Landau-Rotherich sein würde.

*

Katharina starrte in den Spiegel. Eine junge, schöne Frau war zu sehen, die wie erstarrt dastand und sich mit Perlen, Granaten und einem Kranz aus Myrte schmücken ließ. Zuletzt kam der Schleier, ein zartes Gebilde aus bestickter Gaze, das weit über die Schleppe ihres Kleides aus kostbarer Seide fiel.

Als Mädchen war sie manchmal am Bach gesessen und hatte im Wasser ihr Spiegelbild betrachtet. Dann hatte sie sich vorgestellt, wie wunderbar es sein würde, wenn sie eines Tages in einem festlichen weißen Kleid am Arm eines Prinzen zum Altar schreiten würde. Sie hatte sich glücklich lächeln sehen, stolz, erwachsen zu sein, und froh, sich endlich aus den Fängen ihrer Mutter befreit zu haben. Und jetzt? Nichts von alle dem war eingetroffen. Kein Glück, kein Stolz, und der Mann, der ihr Bräutigam war, war noch viel herzloser als ihre Mutter.

In einer goldenen Kutsche fuhr sie zur Kirche. Am

Straßenrand standen Menschen und sahen ihr neugierig nach. Obwohl die Trauer sie schier verbrannte, weinte sie nicht. Zwei Monate lagen hinter ihr, in denen sie Nacht für Nacht bitterste Tränen vergossen hatte. Jetzt war eine seltsame Ruhe in ihr. So musste der Tod sein. Nichts mehr fühlen, nur noch Stille.

Bevor sie aus der Kutsche stieg, hob sie den Schleier über ihr Gesicht. Dann schritt sie neben ihrem Vater zum Altar. Und mit jedem Schritt flüsterte sie den Namen ihres Geliebten: „Sebastian." Sie nahm die Hand, die ihr der Fürst entgegenstreckte und flüsterte Sebastian. Sie hörte Gott und dachte: Sebastian. Sie wurde gefragt, ob sie diesen Mann heiraten wollte und sagte: „Ja." Aber sie dachte dabei nicht an Fürst Karl von Landau-Rotherich, sondern sie sah immer nur den einen vor sich: „Sebastian."

Sie war verheiratet worden - aber nicht mit dem Mann an ihrer Seite. Und als sie den Schleier zurückschlug und zwei fremde, kalte Augen sie ansahen, brachte sie sogar ein Lächeln zustande.

Katharina stand am Fenster und sah hinaus. Vom Tanzsaal drangen Musik und Gelächter herauf, über den Dächern des Schlosses verglühte ein Feuerwerk. Einen ganzen Tag lang hatte man ihre Hochzeit gefeiert. Jetzt hatte man ihr ein Nachtkleid angezogen, und sie erwartete den Bräutigam.

Als es klopfte, fuhr sie zusammen. Leise sagte sie herein, aber nicht der verhasste Mann erschien, sondern ein Zimmermädchen. Es legte eine weiße Mullbinde auf den Nachttisch, deckte ein Spitzentuch darüber und wollte wieder gehen.

Doch Katharina hielt sie zurück. „Wofür ist das?", fragte sie.

Das Mädchen blickte zu Boden und wurde rot.

„Na, nun antworte doch!"

„Es ist für das Blut, Durchlaucht."

Katharina sah sie aus großen Augen an. „Für welches Blut?"

„Das ... das Blut ... das dabei fließt." Das Mädchen griff nach der Türklinke und stürzte hinaus.

Ein paar Atemzüge später wurde die Tür wieder aufgerissen, und der Fürst erschien. Katharina wich zurück. 'Das Blut, das dabei fließt', hämmerte es in ihrem Kopf. Warum würde Blut fließen? Was sollte hier mit ihr geschehen?

Karl sah sie kalt an. Plötzlich griff seine Hand nach ihr, fasste sie am Arm und zog sie an sich. Widerstrebend ließ sie sich küssen. Es war ein klebriger Kuss, der nach Alkohol und Knoblauch schmeckte. Als der Fürst on ihr abließ, dachte sie angeekelt: 'Jetzt hast du es hinter dir!' Erleichtert blies sie den Atem aus. Doch da stieß er sie plötzlich aufs Bett, riss seine Hose auf, nestelte darin herum und warf sich auf sie.

Entsetzt schrie sie auf. „Was machen Sie da, lassen sie mich los!" Doch statt auf sie zu hören, schob er ihr Nachtkleid hoch und machte sich an ihrem Unterleib zu schaffen.

Katharina fing zu weinen an. „Lassen Sie mich! Lassen Sie mich!", wimmerte sie immer und immer wieder.

Vor der Tür hörte sie Geräusche. Eine unsinnige Hoffnung machte sich in ihr breit. Vielleicht war da jemand, der ihr helfen würde! Doch niemand kam. Wieder küsste er sie und stieß ihr seine ekelhafte Zunge in den Mund. Sie drehte den Kopf zur Seite. „Nein!", schluchzte sie. „Nein, lassen Sie mich!"

Plötzlich rollte er sich von ihr, sprang auf und starrte sie zornig an. „Ja, hat man sie denn nicht aufgeklärt!", schrie er.

Sie zitterte noch, zog sich das Nachtkleid über die Beine, glitt aus dem Bett und versteckte sich hinter den schweren Vorhängen aus rotem Samt.

„Zum Teufel mit dir!" Etwas Hartes knallte gegen den Vorhang und fiel klirrend zu Boden. Dann hörte sie die Tür ins Schloss fallen und war allein.

Vorsichtig sah sie in den Raum. Dann kroch sie aus ihrem Versteck und warf sich weinend aufs Bett. Dieser gemeine Mensch! Was hatte er vorgehabt, was wollte er ihr antun? Ihre Mutter hatte gesagt: „Wenn er kommt und dir nahe sein will, dann tu was er verlangt!" Das hatte sie getan! Sie hatte ich küssen lassen, trotz ihres Ekels. Sie hatte es zugelassen, dass er nach ihren Brüsten griff, trotz ihres Ekels! Doch dass er ihr unter den Rock fuhr, das ging wirklich zu weit!

Das Zimmermädchen kam wieder. Mitleidig sah es die junge Fürstin an. „Brauchen Sie mich noch, Durchlaucht?"

„Nein", schluchzte Katharina. „Lasst mich, geht alle weg. Ich brauche niemanden ..." Nur Sebastian! Aber das sagte sie nicht, sie dachte es nur.

Am nächsten Morgen wurde Katharina angekleidet und zu einer Kutsche gebracht. Der Fürst stand daneben. „Wohin fahren wir?", fragte sie Unheil ahnend.

„Auf mein Landgut nach Ungarn", war seine knappe Antwort. „Aber Sie fahren allein. Ich werde in einigen Wochen nachkommen. Und bis dahin lesen Sie das Buch, dass man Ihnen geben wird. Zum Glück hat man Ihnen ja wenigstens das beigebracht – lesen!"

Sie stieg ein. Der Fürst schloss hinter ihr den Schlag.

'Nach Ungarn!', dachte sie erschrocken und erleichtert zugleich, denn so lange er hier und sie dort war,

hatte sie nichts von diesem verhassten Mann zu befürchten.

*

Drei Tage hatte Sebastian das Haus der von Katharinas Tante beobachtet, bis Paul endlich erschienen war. Der Reitknecht hatte seinem Herrn einen
Braunen gebracht, hatte ihm in den Sattel geholfen
und dann zugesehen, wie er Richtung Hofgarten davonritt. Als er sich schließlich umwandte, um zu gehen, sprang plötzlich Sebastian aus seinem Versteck.

„Sie schon wieder!" Paul schob ihn zur Seite. „Ich darf
nicht mit Ihnen reden, Herr."

Sebastian blieb ihm auf den Fersen. „Aber du magst
die Komtess doch auch."

„Sie ist jetzt die Fürstin."

„Ja." Sebastian seufzte. „Die Fürstin - aber wo hat
man sie hingebracht? Es heißt, er hätte sie ..." Sebastian suchte nach Worte. „Er hätte ihr etwas angetan
und sie dann an einen geheimen Ort gebracht."

„Ich darf nicht mit Ihnen reden", beharrte der Mann.

„Paul!" Sebastian stellte sich ihm in den Weg. „Du hast ein gutes Herz. Und du möchtest doch auch nicht, dass ihr ein Leid geschieht."

„Nein, Herr. Aber was kann ich tun? Ich bin ein einfacher Reitknecht. Und das Komtesschen ist jetzt seine Frau, und sie muss tun, was er von ihr verlangt."

„Mag sein. Aber ..." Sebastian brach ab und sah Paul flehentlich an. „Wenn du mir hilfst herauszufinden, wohin man sie gebracht hat, dann kann ich wenigstens in ihrer Nähe sein und aufpassen, dass ihr Leid nicht allzu groß ist."

Paul nickte. „Ein bisschen Heimat ihr geben."

„Ja, Paul. Ein bisschen Heimat - das ist alles."

„Gut", sagte Paul und sah Sebastian ernst an. „Ich finde heraus, wohin man sie gebracht hat. Einer der Kutscher des Fürsten ist mein Schwager. In vier Tagen kommen Sie zur Mittagsstunde wieder her, dann weiß ich alles."

Zehn Tage war Katharina unterwegs gewesen. Über Linz und Wiener Neustadt waren sie gefahren und schließlich nach Héviz gekommen, wo auf einer Anhöhe das Schloss des Fürsten lag. Es war von Kaskaden, Weinbergen und künstlich angelegten Gärten umgeben, und von der Zufahrt aus konnte man auf den Balaton schauen, an dessen Ufern leise dümpelnd ein paar Fischerboote schaukelten. Es war ein Paradies, und wäre Katharina mit Sebastian durch diese zauberhafte Landschaft gereist, das Herz wäre ihr übergelaufen. Aber so saß sie nur stumm am Fenster der Kutsche und starrte hinaus. Jetzt schon erschien ihr das prächtige Schloss wie ein Gefängnis und waren ihr die Menschen dieses Landes fremd und verhasst.

Die Kutsche mit dem Gepäck, war bereits am Tag zuvor angekommen, und als Katharina die Zimmer betrat, die für sie hergerichtet worden waren, fand sie dort ihre persönlichen Gegenstände vor. Auf dem Tisch stand eine Spieluhr, die ihr Vater ihr einmal geschenkt hatte. Ein goldener Schwan, den ihr Großvater ihr aus Paris mitgebracht hatte, zierte den Kamin.

Ihre lederne Schreibmappe und ein Band mit Gedich-
ten lagen auf einem Schreibsekretär, der am Fenster
stand.

Katharina schlug die Schreibmappe auf. Ihre Finger
fuhren in ein Seitenfach und zogen ein kleines, zu-
sammengefaltetes Papier heraus. Sie öffnete es und
sah lächelnd auf das gepresste Spitzwegerich-Blatt,
das zutage kam. Sie hatte es nach ihrem Sturz auf der
Fuchsjagd in ihrem Haar gefunden, hatte es zwischen
die Seiten eines Buches gelegt und getrocknet. Ganz
sicher hatte ihre Mutter in dieser Mappe nach ver-
borgenen Heimlichkeiten gesucht. Doch dieses gepresste Blatt hatte sie entweder übersehen oder einfach nicht angenommen, dass es etwas Verfängliches
sein könnte. Jetzt führte Katharine es an die Lippen
und küsste es. „Du bist meine einzige Verbindung zu
Sebastian!", flüsterte sie und schob es wieder in die
Mappe zurück.

Es klopfte, und eine Frau trat ein. Sie war Mitte vierzig. Ihre Augen waren blau, die Bögen ihrer Brauen
ragten spitz in die hohe Stirn. Sie hatte das graue
Haar sorgfältig im Nacken zu einem Knoten zusam-

mengesteckt und war geschmackvoll aber betont dezent gekleidet.

Zu Katharinas Überraschung sprach sie deutsch. „Ich heiße Ursula und stehe zu Ihrer Verfügung."

Katharina sah sie misstrauisch an. „Sind Sie aus Bayern?", fragte sie.

„Ich stamme aus Augsburg. Ich war die Hausdame der Fürstin ... der früheren Fürstin, die bei der Geburt ihres Kindes starb. Nach ihrem Tod blieb ich hier, weil es der Wunsch des Fürsten war. Er sagte, er würde wieder heiraten, und dann würde ich hier gebraucht werden."

Katharina nickte. Die Frau war ihr nicht geheuer, sie spürte ihre Abneigung.

„Ich soll Ihnen das geben." Ursula reichte Katharina etwas, das in ein Tuch eingeschlagen und verschnürt war und sich anfühlte wie ein Buch. „Wenn Sie etwas brauchen, klingeln Sie bitte. Einmal, dann kommt eines der Mädchen, zweimal, dann komme ich."

Katharina nickte und steckte das Buch in eine Schublade.

Ursula öffnete eine Tür. „Hier ist ein Badezimmer, der Fürst hat es extra für Sie einbauen lassen."

Katharina sah ohne großes Interesse in den Raum und bedankte sich. Alles war wunderschön eingerichtet und luxuriös, und doch würde sie sich hier niemals zu Hause fühlen.

Zu Abend aß sie allein in ihrem Salon. Ein paar Bissen, mehr brachte sie nicht hinunter. Schließlich legte sie sich ins Bett und zog das Buch aus der Lade. Sie wickelte es auf und begann zu lesen. Von der Pflicht einer Frau, einen Mann glücklich zu machen. Ihre Lippen formten jedes Wort mit Bedacht. Doch je länger sie in das Buch sah, desto mehr erstarrte sie. Was sie da las, war so ungeheuerlich und ekelerregend, dass sie vor Scham am liebsten versunken wäre. Meinte der Fürst etwa, sie wäre bereit, das alles mit ihm zu tun?

Sie warf das Buch in die Lade zurück und schloss sie ab, als ob sie damit das Unfassbare abwenden könnte! Ein Jammerlaut drang aus ihrer Kehle, zitternd kroch sie unter die Bettdecke und weinte sich in den Schlaf.

*

Katharina lebte nun bereits zehn Tage in Héviz, aber sie hatte immer noch keinen Fuß vor die Tür gesetzt. Die einzigen Menschen, die sie kannte, waren Ursula, die beiden Zimmermädchen und die Zofe Helén. Oft lag sie bei verdunkelten Fenstern bis mittags im Bett und dachte an Sebastian. Als sein Bild in ihrer Erinnerung immer mehr verblasste, ließ sie sich einen Kreidestift und Papier bringen und versuchte sein Gesicht zu zeichnen. Es gelang halbwegs, doch der Ausdruck, die Lebendigkeit fehlten.

Manchmal stand sie auch gar nicht auf. Dann kam Ursula und versuchte sie zu einem Spaziergang in den Garten zu überreden.

Inzwischen war sie Katharina nicht mehr ganz so unheimlich. Manchmal brachte sie ihr Blumen, oder sie las ihr Geschichten vor. Dann kam sie ihr vertraut vor, und sie hätte sich gerne in ihre Arme gelegt und geweint.

Doch es gab auch Tage, da schloss Katharina die Tür ab und ließ niemanden zu sich. Dann aß sie nicht, trank nur Wasser, das in einer Karaffe auf dem Fenstersims stand, und starrte aus dem Fenster. Sie stellte sich vor, wie sie barfuß den Hang hinunterlief, eines der Mädchen in Héviz überredete, sie zu verstecken oder ihr ein paar alte Kleider und ein Pferd zu besorgen, damit sie fliehen konnte. Sogar ein Leben in bitterer Armut oder der Tod schienen ihr besser, als hier zu bleiben und darauf zu warten, dass der Fürst ihr all das antun würde, was in dem schrecklichen Buch stand.

Am elften Tag bekam Katharina Fieber. Ursula gab ihr Medizin, wusch sie und fütterte sie mit Hühnerbrühe. Sie hatte Fieberträumen, aus denen sie ab und zu erwachte, als würde sie aus einem glühenden Lavameer auftauchen.

Immer saß Ursula an ihrem Bett und sah sie besorgt an. Sie versuchte ihr Medizin und Wasser einzuflößen, schlang kalte Tücher um ihre Beine, hielt ihre

Hand und erzählte ihr Geschichten, als sei sie ein kleines Mädchen.

Als sie wieder einmal die Augen aufschlug, sah Katharina die Zeichnung von Sebastian auf dem Nachttisch. Sie war gerahmt und so hingestellt, dass sie sie ansehen konnte. Stumm blickten die Frauen sich an, dann versank Katharina neuerlich in Fieberträumen.

Beim nächsten Erwachen schien es ihr etwas besser zu gehen. Ursula fütterte sie mit Brühe. „Das Leben ist zu schade, um es wegzuwerfen", sagte sie. „Sie sind jung, Sie sollten den Mut nicht verlieren."

„Wer war sie?", fragte Katharina. „Ich meine, die erste Frau des Fürsten."

„Sie war zart und schön, wie Sie es sind. Sie hatte drei Fehlgeburten, dabei wünschte sie sich nichts sehnlicher als ein Kind. Es hätte ihr geholfen, das alles hier ..." Ursula brach ab. „Es hätte ihrem Leben einen Sinn gegeben", sagte sie leise. „Das vierte Kind wuchs in ihrem Leib heran, und wir freuten uns, dass nun alles endlich gut werden würde. Doch die Nabelschnur legte sich um das kleine Hälschen, und das Kind wurde tot geboren. Die Fürstin zerbrach daran. Zwei Tage nach der Geburt starb auch sie.“

Katharina sah Ursula lange an. „Sie hatten die Fürstin sehr gerne, stimmt's?“

„Ich war so jung wie Sie, als ich in dieses Haus kam. Damals lebte der Vater des Fürsten noch, sein Sohn war ein Knabe von zehn Jahren. Ich war die Zofe der alten Fürstin, und später, als die junge Fürstin einzog, wurde ich deren Vertraute. Ich habe zwölf Jahre lang für sie gesorgt. Und sie ist mir mit Achtung und Würde begegnet.“

Katharina nickte. „Und als ich vor ein paar Wochen in dieses Schloss kam dachten sie, ich bin ein dummes, verzogenes Gör, dass sich dem Fürsten an den Hals geworfen hat, um die große Dame zu spielen.“

Ursula stand auf. „Es obliegt mir nicht, irgendetwas über meine Herrin zu denken.“

Da lachte Katharina leise. „Aber getan haben Sie es trotzdem. Gedanken sind schließlich frei!“ Sie sah auf die Zeichnung von Sebastian, dann wieder zu Ursula.

„Danke für das Bild."

Ein Lächeln huschte über Ursulas Gesicht. „Ich dachte, wenn Sie aufwachen und ... und Ihren Bruder sehen, werden Sie vielleicht wieder gesund." Damit ging sie.

Sebastian war bereits seit einigen Tagen in Héviz. Er hatte mehrere Krüge Wein und drei Silberstücke investiert, um herauszufinden, was er jetzt wusste - Katharina hatte so gut wie nie einen Fuß vor die Tür gesetzt und war sehr krank gewesen. Doch seit einer Woche ging es ihr täglich etwas besser, und nun saß sie meist nachmittags im Garten beim Pavillon und las oder träumte vor sich hin. Der Gärtnerjunge, der ihm das verraten hatte, hatte ihm auch einen Weg zum Pavillon gezeigt. Vom Weinberg her konnte er durch den Küchengarten unbemerkt in den Park gelangen. Von da aus musste er sich immer an der Hecke halten, bis zum Rosengarten, und dann waren es nur noch ein paar Steinwurf.

Am ersten Tag wartete Sebastian vergeblich, aber am zweiten erschien Katharina am Arm einer älteren Frau. Die beiden setzten sich in Liegestühle, und die

Frau las Katharina vor. Nach einiger Zeit schlief Katharina ein, die Frau legte ihr eine leichte Decke über die Beine und zog sich zurück.

Leise schlich Sebastian näher. Er ging vor Katharina auf die Knie, legte ihr eine Hand auf den Mund und küsste sie zärtlich auf die Stirn.

Katharina schlug die Augen auf. Sie glaubte, ein Gespenst vor sich zu haben und hätte vermutlich laut geschrien, wenn da nicht die Hand auf ihren Lippen gewesen wäre.

„Hab keine Angst, ich bin es." Sebastian lächelte sie zärtlich an.

„Mein Gott - tatsächlich!" Ihre Finger strichen über seine Wangen. Plötzlich beugte sie sich vor und küsste ihn sanft auf die Lippen. „Und ich hatte geglaubt, ich würde dich nie wiedersehen!"

„Aber jetzt bin ich da! Und ich werde deine Flucht vorbereiten! Ich bringe dich fort von diesem Unmenschen!"

„Um Himmels willen! So eine Schmach könnte er niemals auf sich sitzen lassen! Er würde uns verfolgen und dich töten."

„Ich habe Verwandte auf Sizilien. Eine meiner Tanten hat nach Bozen geheiratet, und ihre älteste Tochter ist die Frau eines sizilianischen Grafen. Dort könnten wir leben, niemand würde uns finden."

„Ich habe Angst, Sebastian. Für so ein Abenteuer bin ich einfach nicht mutig genug."

„Die Flucht ist unsere einzige Chance. Oder er wird dich weiterhin ..."

„Pst!" Sie legte ihm schnell eine Hand auf den Mund. Tränen traten in ihre Augen. Er sollte nicht davon sprechen! Das alles war so erniedrigend!

Sebastian küsste Katharinas Fingerspitzen und sah sie eindringlich an. „Ich muss fort, sonst ertappt man uns noch. Ich werde eine Stunde vor Mitternacht genau an dieser Stelle auf dich warten. Versuche zu kommen. Wenn es nicht gelingt, dann versuche es morgen oder übermorgen - egal, ich bin jede Nacht hier und warte auf dich!"

Er küsste sie. Seine Lippen waren wie Schmetterlinge auf ihrer Haut. Ein warmes, wohliges Gefühl machte sich in ihrem Körper breit und brachte ihren Puls zum Rasen. Als sich seine Hand kurz auf ihre Brust legte, so als sollte er fühlen, ob ihr Herz noch schlug, entfuhr ihr ein leises Seufzen. Es war so schön, von ihm berührt zu werden ... so wunderschön! Und sie wollte, er würde bleiben und sie auf ewig festhalten!

„Bis bald, Liebste!" Sebastian stand auf, winkte noch einmal und verschwand dann hinter der Hecke zum Rosengarten.

„Bis bald, Liebster", flüsterte sie und starrte noch lange auf den Strauch, hinter dem er verschwunden war.

*

Ein Knarzen ließ Katharina aufschrecken. Sie zog das schwarze Tuch, das sie um Kopf und Schultern gelegt hatte, enger und lauschte mit klopfendem Herzen in die Dunkelheit. Da wieder! Sie hielt den Atem an. Schritte auf dem Flur, eine Zimmertür fiel ins Schloss, dann es war still. Sie schlich weiter. Als sie bei der Treppe ankam, schlug die Uhr im Herrenzimmer elfmal.

Von Helén wusste Katharina, dass die Küche im Untergeschoss des linken Seitenflügels lag, und dass von da eine Tür in den Kräutergarten führte. Sie ging auf Zehenspitzen die Treppe hinunter, durch die Halle, über die Dienstbotentreppe und gelangte ins Untergeschoss. Zur Küche war es nicht mehr weit. Sie entriegelte die Tür, löschte die Laterne, die sie bei sich hatte und huschte hinaus.

Als sich ihre Augen an die Dunkelheit gewöhnt hatten, ging sie zügigen Schrittes weiter. An der Hecke entlang zum Rosengarten, von dort war es nicht mehr weit zum Pavillon.

Alles war still, nur ein Nachtvogel krächzte, und ein lauer Wind spielte mit den Blättern in den Bäumen.

Katharina schob vorsichtig die Tür auf und flüsterte Sebastians Namen. „Bist du hier?"

„Ja, ich bin hier. Bleib stehen, ich komme zu dir.“

Im nächsten Moment fühlte sie seinen Griff an der Schulter, dann lag sie in seinen Armen und spürte seine heißen Küsse.

„Katharina!“

„Sebastian - Liebster!“

„Ich habe an nichts Anderes gedacht als an dich!“ Wieder und wieder küsste er sie. Sein Mund und seine Hände schienen überall zu sein, und sie ließ es atemlos geschehen.

Etwas Seltsames ging in ihr vor - ihr Unterleib begann zu glühen, und alles in ihr drängte zu ihm hin. Sie presste ihren Körper an seinen und wünschte sich plötzlich ganz nackt zu sein, um seine Wärme und seine Haut spüren zu können. All das, was in diesem Buch stand und sie vorher so schockiert hatte, war plötzlich in ihren Gedanken und in jeder Faser ihres Körpers, und sie fand nichts Abstoßendes mehr dabei. Mit Sebastian eins zu werden, sich ihm ganz und gar hinzugeben, dafür war sie auf diese Welt gekommen. Sie gehörten zusammen, und mit ihm gab es weder Scham noch Verlogenheit.

Er hob sie hoch und trug sie zu einem Sofa, das an einer Seite des Pavillons stand. Dort legte er sie hin, streifte das Tuch von ihren Schultern und begann sie zu entkleiden. Häkchen für Häkchen ihres Mieders öffnete er, dann band er das Leibchen auf.

Als sie nackt vor ihm lag, leuchtete ihre weiße Haut auf dem schwarzen Tuch wie Alabaster. Im Schein des Mondes, der durch die gläsernen Wände fiel, sah er sie an. Der Duft, den sie in ihrer Erregtheit verströmte, nahm ihm schier den Atem. Er hatte nur vorgehabt, sie zu küssen und zu streicheln, aber seine Leidenschaft war mächtiger als sein Verstand. Er hauchte ihr seine Liebe mit jedem Kuss in die Poren ihrer glühenden Haut, bis sie sich vor Verlangen aufbäumte und sich ihm mit aller Leidenschaft entgegenstemmte. Er legte sich auf sie. Für einen Moment fühlte sie einen unbändigen Schmerz zwischen ihren Schenkeln, aber dann war die Liebe stärker, und selbst der Schmerz verwandelte sich in maßloses Glück.

Sie hielten sich noch lange fest, lagen wie trunken nebeneinander und wollten nicht daran denken, dass es einen Abschied geben musste. Doch dann zog hinter den Rotbuchen ein allererster Morgenschimmer auf, und sie wussten, dass es gefährlich wäre, noch länger zu warten.

Hastig zogen sie sich an.

„Wir treffen uns morgen wieder", sagte Katharina.

„Ja, morgen noch. Aber dann muss ich fort."

Erschrocken sah sie ihn an. „Warum willst du mich verlassen?"

„Nein, im Gegenteil. Ich muss fort, um alles vorzubereiten. Wir müssen fliehen, Katharina. Schon der Gedanke, er könnte kommen und dich in sein Bett holen, treibt mich an den Rand des Wahnsinns! Und er wird kommen - bestimmt! Er braucht einen Erben, und du bist seine Frau!"

„Nie, nein niemals könnte ich mit ihm tun, was wir gerade ..."

Er hielt ihr den Mund zu. „Du darfst es nicht einmal aussprechen!" Er drückte sie an sich, dann schob er sie plötzlich zurück. „Du musst jetzt gehen! Die Dienerschaft wird schon bald den Küchenherd anheizen. Wir treffen uns morgen Nacht!"

„Ja, ich werde da sein."

Noch ein paar eilige Küsse, dann huschten zwei Schatten im Morgengrauen davon.

In der nächsten Nacht erzählte Katharina ihm von Annie. „Ich wünsche mir, dass du sie suchst. Wenn ich wirklich so weit fort muss, bis nach Sizilien, wo ich niemanden kenne und nicht einmal die Sprache spreche, dann hätte ich sie gerne bei mir."

„Ich verspreche dir, ich werde sie finden. Die Haushälterin meines Großvaters war mit ihr befreundet, bestimmt wird sie wissen, wohin sie gegangen ist."

„Und sag mir, wohin ich dir schreiben kann. Und du schreibst mir zurück - als Marie von Wolfenburg, das ist eine Kusine. Und wenn du etwas schreibst, was mich betrifft, dann nenne mich Leonie, das ist eine gemeinsame Freundin."

Sie prägten sich die Namen und Adressen ein und hielten sich seufzend fest.

„Es wird hell. Ich muss gehen, Katharina!"

„Schon jetzt sterbe ich vor Sehnsucht nach dir!" Sie war den Tränen nahe.

„Ich komme wieder und hole dich. Wenn ich da bin, stecke ich eine Nachricht zwischen diese Polster." Seine Hand fuhr in die Ritze des Sofas, auf dem sie lagen. Und dann küsste er sie noch einmal zum Abschied.

*

Zehn Tage vergingen, bis der erste Brief kam. Ursula brachte ihn auf einem Tablett. Katharina nahm ihn und starrte auf das gebrochene Siegel. „Aber er ist ja geöffnet!"

„Es tut mir sehr leid, Fürst Landau-Rotherich hat es so befohlen. Wir müssen seinen Anordnungen folgen." Ursula sah sie eindringlich an. „Doch es steht ja nichts drin, was von Belang wäre. Marie von Wolfenburg - wer ist das?"

„Eine Kusine", antwortete Katharina kühl.

„Und diese Leonie?"

„Eine gemeinsame Freundin."

Ursula lächelte. „Na, sehen Sie. Freuen Sie sich doch, dass eine Nachricht von zu Hause kommt."

„Und meine Antwort - müssen Sie die auch lesen?"

„Ja", gab Ursula zu.

Als Katharina allein war, faltete sie den Brief auf und las mit klopfendem Herzen:

Geliebte Kusine!

Erst jetzt habe ich in Erfahrung gebracht, dass Sie in Ungarn leben. Dass Sie so weit entfernt von mir sind, schmerzt mich sehr, denn ich würde sie gerne im Arm halten und so wie früher mit Ihnen über die Wiesen im Tal laufen und Kränze aus Gänseblümchen binden.

Erinnern Sie sich an die schönen Zeiten? Wie glücklich wir als Kinder waren! Jetzt sind wir erwachsen und müssen uns den Pflichten beugen, die man uns auferlegt hat.

Stellen Sie sich nur vor, unsere Freundin Leonie soll in ein fernes Land ziehen, um dort an der Seite eines Mannes zu leben, den sie liebt. Er heißt Robert, und er trägt sie auf Händen und betet sie an. Aber es wird wohl noch einige Zeit dauern, bis alle Vorbereitungen getroffen sind. Voll Ungeduld wartet sie auf ihre Abreise, und ich leide mit ihr.

Wenn ich darf, werde ich Ihnen gerne wieder schreiben - schon bald, wenn Sie es wünschen! Ich werde Ihnen dann erzählen, wie es mit Leonie weitergeht, und was in Ihrer alten Heimat sonst so passiert.

Es grüßt und küsst Sie Maire, Ihre ergebene Kusine, die im Gedanken immer bei Ihnen ist.

Katharina drückte den Brief an ihr Herz und schloss die Augen, um Sebastian vor sich zu sehen. Sein dichtes Haar, seine wunderschönen weichgeschwungenen Lippen, das Lächeln auf ihnen ... und sie spürte seine Hände auf ihren Brüsten, seine heißen Küsse brannten auf ihrer Haut. Wie sie ihn liebte! Und wie sie sich nach ihm sehnte!

Sie setzte sich an ihren Sekretär, schob den Brief in das Geheimfach ihrer Mappe und schrieb eine Antwort an Sebastian. All ihre Liebe versteckte sie hinter unverfänglich scheinenden Worten - wog ab, verwarf, schrieb hin und küsste dann tausendmal den Brief, bevor sie ihn auf das Tablett legte und nach Ursula klingelte.

Ursula las die Zeilen, nickte und gab den Brief zurück. „Ich hole eine Karaffe mit Saft für Sie aus der Küche. Bis dahin haben Sie den Brief bestimmt versiegelt, dann werde ich ihn zur übrigen Post legen."

Katharina sah ihr erstaunt nach. Ursula gab ihr die Gelegenheit, noch ein paar Worte dazuzuschreiben? Oder sie konnte sogar einen zweiten Brief schreiben und ihn in diesen Brief legen! Aber vielleicht war das ja auch eine Falle? Katharina dachte nach. Dann griff sie plötzlich entschlossen zu einer Schere, schnitt sich eine Locke aus dem Haar, legte sie in den Brief und versiegelte ihn. Dass er bald schon etwas von ihr bei sich tragen konnte, erfüllte sie mit einem Gefühl der Hoffnung.

Bereits vier Tage später kam der Postbote vom Dorf herauf. Katharina sah ihn vom Fenster aus und schlug die Hände vor den Mund. Für eine Antwort von Sebastian war es zu früh, aber vielleicht hatte er ja noch einmal geschrieben. Vielleicht würde er schon bald wieder bei ihr sein und mit ihr fliehen!

„Still, du dummes Herz, du zerspringst ja!", flüsterte sie und lief voller Vorfreude zur Tür. Und tatsächlich erschien Ursula mit dem Tablett, auf dem ein Brief lag. Doch er war nicht von Sebastian, er trug das fürstliche Siegel.

Mit vor Angst zitternden Händen faltete sie ihn auf. Ihre Lippen formten jedes Wort, das sie las.

Durchlaucht, Fürstin von Landau-Rotherich –

im Namen Ihres Gatten, des Fürsten, soll ich Ihnen mitteilen, dass er kurz nach Ihrer Abreise einen Schlaganfall erlitten hat. Inzwischen geht es ihm gut genug, die beschwerliche Reise auf sich zu nehmen

und nach Héviz zu kommen. Er möchte, dass Sie sich
für ihn bereithalten, und lässt Sie ehrerbietigst grüßen.

An seiner Stelle geschrieben und unterzeichnet von
Heinrich von Abelberg.

Blass sank Katharina auf einen Stuhl und starrte Ursula an. Sie nahm ihr den Brief aus der Hand, faltete
ihn zusammen und legte ihn auf den Sekretär.

„Ich vermute, er wird etwa in vier Tagen hier sein",
sagte sie.

„Haben Sie diesen Brief etwa auch gelesen?"

Ursula lächelte milde. „Nein. Ich erhielt ebenfalls
eine Nachricht, damit ich alles für seine Ankunft vorbereiten lasse."

Katharina fühlte sich hundeelend. Alles in ihr rebel-
lierte. Vor allem ihr Magen! Plötzlich sprang sie auf
und stürzte in das kleine Badezimmer, dort erbrach
sie sich in die Waschschüssel.

Als sie sich erschöpft wieder aufrichtete, stand Ursula

neben ihr und sah sie besorgt an.

Katharina nahm das feuchte Tuch, das Ursula ihr reichte und wischte sich das Gesicht ab. „Ich weiß nicht, was los ist - ich habe doch nichts Falsches gegessen?"

Ursula öffnete den Mund und schloss ihn wieder. Dann wandte sich ab und ging wortlos hinaus, um das Dienstmädchen zu rufen, damit es das Badezimmer säuberte.

*

Als die fürstliche Reisekutsche vor dem Haus hielt, war die Sonne bereits untergegangen. Mit klopfendem Herzen beobachtete Katharina, die am Fenster stand, wie Karl ausstieg. Zuerst erkannte sie ihn gar nicht, denn er sah aus wie ein Greis. Sein Haar war in den Wochen ihrer Trennung grau geworden, und er musste sich auf einen Stock stützen. Doch als er sich plötzlich umwandte und zu ihr hinaufsah, erblickte sie die hässliche, wulstige Narbe.

Erschrocken fuhr sie zurück. „Mein Gott", flüsterte

sie, „er ist so ekelerregend!"

Als er wenig später in ihrem Zimmer stand, war alles noch viel schlimmer, als sie im Halbdunkel und auf die Ferne hin hatte erkennen können. Seine linke Gesichtshälfte war durch den Schlaganfall gelähmt, was sein Gesicht wie eine verzerrte Maske erscheinen ließ, und sein linker Arm hing schlaff neben seinem von der Krankheit ausgezehrten Körper herab.

„Nun?" Er sah sie an. „Man küsst seinen Gatten, wenn man ihn nach einer Ewigkeit wiedersieht."

Angewidert küsste sie ihn auf die Wange.

Er starrte sie an. Dann sagte er: „Ich werde eine Weile bei Ihnen bleiben, um mich zu erholen. Und Sie werden sich benehmen, wie man es von einer Gattin erwartet." Damit ging er.

Eine Stunde später klopfte es. Ursula trat ein. „Der Fürst erwartet Sie im Speisesaal."

Katharina lag auf dem Bett. Sie hatte die ganze Zeit über geweint. Jetzt richtete sie sich auf und sah Ursula mit verschwollenem Gesicht an. „Ich habe keinen Hunger!"

Ursula schwieg eine Weile. Dann sagte sie: „Ich weiß, dass Sie mir nicht vertrauen. Zu Unrecht." Sie ging ans Fenster und starrte hinaus. „Natürlich habe ich bemerkt, dass Sie zweimal nachts im Garten waren. Und natürlich weiß ich auch, dass Sie keinen Bruder haben."

Plötzlich drehte sich Ursula um, und da entdeckte Katharina Tränen in ihren Augen. Doch Ursula hatte sich schnell wieder gefasst. „Ich bin Ihre Freundin. Trotzdem kann ich nichts für Sie tun. Nicht jetzt, nicht in dieser Situation. Ich habe nur einen Rat für Sie - fügen Sie sich. Denn der Zorn des Fürsten ist stärker, als Sie es je sein könnten. Was dann weiter geschieht, muss gut überlegt werden - vor allem in Ihrem Zustand."

Katharina sah sie erstaunt an. „Wie meinen Sie das - in meinem Zustand."

„Nun, Sie sind schwanger."

„Ich?" Katharina sprang auf. Ihr Gesicht lief rot an vor

Scham und vor schlechtem Gewissen. „Wie kommen Sie dazu! Wie können Sie das behaupten!"

Ursula ging zu ihr und fasste sie an den Schultern. „Ich weiß es. Die Übelkeit. Keine Monatsblutung. Und ich sehe es in Ihren Augen - als Sie hier ankamen, waren Sie ein Mädchen. Jetzt sind Sie eine Frau."

Katharina sank wie erschlagen aufs Bett zurück. „Schwanger ...", flüsterte sie. Plötzlich verstand sie. Natürlich, sie bekam ein Kind! Von Sebastian! Mein Gott ...

Ursula ging vor ihr in die Knie und sah ihr fest in die Augen. „Sie sollten dem Fürsten zur Verfügung stehen. Wie könnten Sie ihm sonst erklären, dass Sie ein Kind unter dem Herzen tragen?"

„Ja aber ..." Katharinas Lippen zitterten. „Aber, das kann ich doch nicht. Weinend brach sie zusammen. „Es ekelt mich so. Und wie könnte ich Sebastian je betrügen?"

„Es muss sein. Sie müssen die Augen schließen und

dabei an Ihren ... an Sebastian denken. In ein paar Minuten wird alles vorüber sein. Es gibt keinen anderen Weg. Damit es etwas leichter wird, könnte ich Ihnen ..." Ursula zögerte. „Ich könnte Ihnen etwas Opium geben. Ich weiß, wo der Fürst solche Dinge aufbewahrt. Nur eine kleine Dosis, und alles wird erträglicher sein."

Katharina seufzte, und plötzlich lag sie Ursula in den Armen und weinte hemmungslos. „Was ist das nur für eine Welt, dass Menschen sich so etwas antun!"

Ursula hielt sie fest. „Arme kleine Fürstin ..."

*

Katharina lag im Bett. Das Opium machte sie seltsam leicht und schwer zugleich. Sie fühlte sich, als würde sie im Nichts versinken, und ihr Körper schien aus Watte zu bestehen. Als die Tür aufging und der Fürst erschien, schloss sie die Augen. Plötzlich war ihr, als presste sich eine eiserne Faust gegen ihre Brust. Sie rang nach Atem, wie eine Erstickende, spürte im nächsten Moment eine Hand in ihrem Gesicht und riss die Augen wieder auf.

Der verhasste Mann starrte sie an. Seine Augen wurden zu dünnen Schlitzen, seine Hand griff ihr Kinn und schüttelte grob ihren Kopf. Ihm war klar, was passiert war. Sie hatte sich berauscht.

„Woher hast du das Zeug!", schrie er sie an.

„Ich habe etwas gegen die Schmerzen genommen. Ich habe so entsetzliche Schmerzen im Bauch!", log sie.

Er riss ihr die Decke weg und legte sich auf sie. Katharina tat, was Ursula ihr gesagt hatte. Mit ganzem Herzen dachte sie an Sebastian und erstickte die Tränen in ihrem Innersten, in dem sie seinen Namen flüsterte: „Sebastian!"

Sie spürte etwas Hartes auf ihrem Bauch. Sie wollte sich wehren, aufspringen, aber auch ihre Beine schienen plötzlich aus Watte zu sein. „Nein", jammerte sie, und dann war der ganze Spuk auf einmal vorbei. Der Fürst hatte von ihr gelassen, sprang fluchend zurück und verließ polternd das Zimmer. Draußen hörte sie ihn noch schreien: „Sie ist kein Weib! Sie ist verdammt eine dumme Göre! Und sie soll hingehen, wo der Pfeffer wächst!"

Katharina richtete sich mit aller Kraft auf und tastete ihren Unterleib ab. Alles war trocken, nichts war geschehen.

Eine halbe Stunde später erschien Ursula und setzte sich an ihr Bett. „Der Fürst ist außer sich, er hat einen Stuhl zerschlagen und schüttet Wein in sich hinein - was ist passiert?"

Katharina drückte ihre Hände gegen die Schläfen. Ihr war übel, aber der Nebel in ihrem Kopf lichtete sich langsam, und sie konnte wieder klarer denken. „Ich weiß es nicht. Nichts - ich glaube, es ist nichts geschehen."

Ursula sah ihre junge Herrin bestürzt an. „Gott behüte uns!", flüsterte sie. „Das ist das Ende ..."

Als Helén, die Zofe, die Vorhänge öffnete und gleißendes Sonnenlicht ins Zimmer fiel, hielt sich Katharina stöhnend die Hände vor Augen. Wie gerädert von den vielen Tränen, die sie letzte Nacht geweint hatte, quälte sie sich aus dem Bett, ging zum Fenster und sah hinaus. Der Balaton lag da wie immer, die Sonne spiegelte sich in ihm und ließ seine Oberfläche silbern erscheinen. Es schien ihr fast wie ein Hohn, dass die Welt tat, als sei nichts geschehen, während sie hier die Gefangene eines ungeliebten, ekelerregenden Mannes war, der von ihr sein eheliches Recht einforderte. Ihr war klar, was Karl von Landau-Rotherich gestern zu tun versucht hatte, würde er wieder versuchen. Dann musste sie wieder ertragen, dass dieses Monster sie nackt ansah, sich auf sie legte, ihr seinen stinkenden Atem ins Gesicht blies.

Die Tür fiel zu und Katharina sah sich um. Helén war gegangen. Kurz danach kam sie mit dem Frühstück zurück, stelle das Tablett auf den Tisch und knickste. „Brauchen Sie mich noch, Durchlaucht?"

„Nein, geh nur."

Katharina goss Tee ein und trank einen Schluck. Dann setzte sie sich entschlossen an den kleinen Sekretär, nahm Papier und begann einen Brief an Sebastian zu schreiben. Dabei machte sie sich nicht mehr die Mühe, von Kusinen und Freundinnen zu schreiben, denn Ursula war endgültig zu ihrer Verbündeten geworden, und sie brauchte sich nicht mehr zu verstellen.

Als der Brief fertig war, las sie ihn nochmals durch.

Liebster!

Seit meinen letzten Zeilen an dich sind nur fünf Tage vergangen, und doch hat sich sehr vieles ereignet! Schönes und Schreckliches.

Das Schöne - ich trage ein Kind von dir unter dem Herzen! Auch wenn es erst ein paar Wochen in mir ist, bin ich ganz sicher, denn alle Anzeichen weisen darauf hin!

Doch jetzt das Schreckliche - ER ist gekommen! Der Mann, mit dem man mich verheiratet hat. Und er hat auch bereits versucht, von seinem ehelichen Recht Gebrauch zu machen.

Liebster, ich bin verzweifelt! Wie kann ich noch länger an diesem Ort bleiben? Als Gefangene in einem fremden Land, mit einem mir fremden, ungeliebten Mann, der über mich und mein Leben bestimmt! Ich muss hier fort ... nein, 'wir' müssen hier fort - denn ich bin ja jetzt nicht mehr allein, ich trage dein Kind in mir.

Bitte, du musst kommen, so schnell irgend möglich!

Deine dich ewig liebende Katharina

Sie faltete den Brief zusammen, schrieb die vereinbarte Deckadresse darauf, versiegelte ihn und klingelte nach Ursula.

„Ich habe einen Brief, der muss zur Poststation." Katharina sah sie eindringlich an und flüsterte: „Er ist an Sebastian - es ist eilig!"

„Aber wenn der Fürst im Hause ist, werden alle Briefe in seinem Arbeitszimmer gesammelt, und er sieht sie durch, bevor er sie wegbringen lässt."

„Dann müssen Sie den Gärtnerjungen schicken. Ich weiß doch, dass er für ein paar Münzen gerne gefällig ist. Sebastian hat er damals ja auch geholfen."

„Ich vertraue ihm nicht. Wer weiß, ob er nicht mit dem Brief zum Fürsten geht, weil er sich erhofft, für seinen Verrat von ihm einen noch größeren Lohn zu erhalten."

„Und wenn Sie ihn selbst zur Poststation brächten?"

„Ich kann hier nicht fort. Aber vielleicht die Küchenfrau. Heute ist Markt, sie holt Gewürze und kauft ein Lamm. Ihr vertraue ich."

„Gut!" Katharina nahm sie plötzlich in den Arm und küsste ihre Wangen. „Ich bin froh, dass ich Sie habe!"

Ursula lächelte. Aber es war ein trauriges Lächeln voller Schmerz und Leid.

Sie ging zur Tür. Dort drehte sie sich nochmals um. „Sie sollten essen, Durchlaucht - wenigstens das Obst. Es ist wichtig, damit Sie zu Kräften kommen, falls Sie in absehbarer Zeit Reisen müssen."

„Ja", sagte Katharina. „Sie haben Recht - ich muss zu Kräften kommen. Ist der Fürst schon wach?"

„Nein, er schläft noch." Ursula öffnete die Tür und schrie im nächsten Moment auf, denn Karl von Landau-Rotherich stand vor ihr.

„Ich schlafe nicht mehr, wie Sie sehen. Ich wollte mich gerade nach meiner schönen jungen Gattin erkundigen." Er sah Ursula finster an. Dann deutete er auf ihre Hand.

„Was ist das?"

Ursula öffnete und schloss den Mund, ohne ein Wort hervorzubringen. Karl von Landau-Rotherich riss den Brief an sich.

„Ich wollte ihn gerade in Ihr Arbeitszimmer zur übrigen Post legen", behauptete sie.

„So, wollten Sie das." Er öffnete ihn und las. Dabei bewegten sich leise murmelnd seine Lippen. Als er fertig war und aufsah, starrte er Katharina wie versteinert an.

Plötzlich wandte er sich an Ursula. „Wussten Sie davon?"

„Selbstverständlich nicht. Ich bin ..." Sie suchte nach Worten. „Ich bin fassungslos. Die Fürstin sagte, der Brief sei für eine Kusine. Und weil Sie ja im Hause sind, las ich ihn selbst nicht durch."

„Nun gut." Karl von Landau-Rotherich schob den Brief in die Tasche seines Hausmantels. Ein eiskalter Blick traf Katharina, dann wandte er sich wieder an Ursula. „Wo ist der Schlüssel zu diesen Räumen?"

„Ich habe ihn - ich habe alle Schlüssel."

„Geben Sie ihn her!"

Ursula nahm den Schlüsselring, der an ihrem Gürtel hing. Ihre Hände zitterten, als sie den gewünschten Schlüssel suchte, ihn herauslöste und an den Fürsten weitergab. Der zog die Tür zu und sperrte sie ab, ohne noch ein Wort an Katharina zu richten. Dann schob er den Schlüssel in seine Tasche und ging über den Flur davon.

*

Lange war Katharina am Fenster gesessen und hatte über ihr Schicksal nachgedacht. Sie war überzeugt, er würde sie töten. Kein Gericht der Welt würde ihn dafür verurteilen. Man würde es einfach hinnehmen, so wie man hinnahm, dass ein Mann seine Frau vergewaltigte oder dass gefoltert wurde, obwohl der Papst den Christenmenschen die Folter bereits vor mehr als zehn Jahren verboten hatte. Außerdem wäre es ein leichtes für ihn, alles wie einen unglückseligen Unfall aussehen zu lassen. Wer würde schon Nachforschungen anstellen, wenn nicht er selbst darauf bestand? Es handelte sich immerhin um Fürst Karl von Landau-Rotherich!

Am Nachmittag hatte Katharina einen Abschiedsbrief an Sebastian geschrieben und ihn im Geheimfach ihrer Schreibmappe versteckt. Vielleicht würde er ja vom Fürsten übersehen und irgendwann einmal von einer guten Seele gefunden werden, die ihn an Sebastian weitergab. „Das letzte, das man verliert, ist die Hoffnung!", murmelte sie. Das hatte Pietro Metastasio gesagt, der im 18. Jahrhundert kaiserlicher Hofdichter am Wiener Hof gewesen war - und er hatte recht! Karl von Landau-Rotherich konnte ihr das Leben nehmen, aber nicht die Liebe und nicht die Hoffnung! Wenn sie schon sterben musste, dann würde sie mit ganzem Herzen daran glauben, dass sie ihrem geliebten Sebastian in einem anderen und besseren Leben noch einmal begegnete und ihn dann lieben und mit ihm glücklich sein durfte. Ja, genau so würde sie gehen - hoch erhobenen Kopfes, die Liebe und die Hoffnung im Herzen.

Die Dämmerung fiel bereits ein, als der Schlüssel ins Schloss geschoben und die Tür geöffnet wurde. Karl von Landau-Rotherich trat ein und baute sich vor Katharina auf. Er sah sie lange und schweigend an. „Ich habe nachgedacht", sagte er schließlich. „Über den Tod und über das Leben und wie ich Sie bestrafen kann, meine Liebe. Ich bin zu dem Schluss gekommen, Ihnen die Freiheit zu geben. Ich bin sogar mit einer Scheidung einverstanden. Und dann können Sie gehen, wohin Sie wollen. Nur eine Bedingung - Sie lassen mir das Kind. Ich brauche einen Erben. Es wird ehelich geboren werden und meinen Namen tragen. Ich werde es erziehen, und es wird ihm an nichts fehlen. Sollten Sie jedoch nicht einverstanden sein, werde ich Mittel und Wege finden, mich Ihrer zu entledigen."

„Aber ..." Katharina riss die Augen auf. „Sie verlangen, dass ich mich von meinem Kind trenne?"

„Entweder das oder weder Sie noch das Kind werden eine Zukunft haben."

Die beiden starrten sich an. Katharinas Herz pochte so heftig, dass sie befürchtete, es würde ihr den Leib zerreißen. Ihre Augen füllten sich mit Tränen. „Bei Gott", flüsterte sie, „eine schlimmere Strafe hätte Ihnen nicht einfallen können. Sie sind ein Monster!"

Er lachte. „Nun, und Sie sind die Gattin eines Monsters. Sie könne darüber nachdenken. Ich lasse Ihnen Zeit bis morgen früh."

Damit verließ er sie und schloss wieder ab.

Eine halbe Stunde später kam eines der Dienstmädchen mit einem Tablett. Ein Glas Wein, Brot, geräucherter Fisch und Hühnerfleisch, Obst und Kuchen waren darauf. Das Mädchen stellte alles auf den Tisch und zog sich wortlos zurück.

Katharina hatte Hunger. Seit dem Morgen hatte sie nichts mehr zum Essen gehabt. Sie nahm etwas Huhn und Brot und trank einen Schluck Wein dazu, dann legte sie sich ins Bett und dämmerte in unruhigen Schlaf hinüber.

Als die Tür ihres Zimmers aufflog, schreckte sie hoch.

Sie brauchte eine Weile, bis sie wusste, wo sie war und sich an das erinnerte, was sich ereignet hatte.

Karl von Landau-Rotherich stellte sich vor sie und starrte sie an. „Nun, wie haben Sie sich entschieden?"

Sie stand auf, strich sich mit zitternden Fingern das Kleid glatt. „Ja", flüsterte sie. „Ja, Sie bekommen das Kind. Ich ..." Sie brach ab und rang verzweifelt nach Worten „... ich bin sicher, Sie werden alles für das Kind tun."

Er nickte. „Gut. Sie sind vernünftig." Er zog sich einen Stuhl heran und befahl auch ihr, sich zu setzen. „Selbstverständlich wird es gewisse Regeln geben, an die Sie sich zu halten haben. Sie bleiben in diesem Zimmer. Ab und zu werden Sie sich mit mir in der Öffentlichkeit zeigen. Eine kleine Kutschfahrt, ein Spaziergang am See. Ich werde Ihnen einen Brief an diesen von Stetten diktieren, in dem Sie ihm mitteilen, dass Sie bis März mit mir auf Reisen sein werden und ihn erst danach wiedersehen können. Alle anderen Briefe, die Sie schreiben, werden selbstverständlich von mir kontrolliert. Wenn das Kind da ist, können Sie sich noch ein paar Wochen ausruhen. Dann verlassen Sie dieses Haus und kommen nie - niemals! - zurück. Sollten Sie es doch wagen, werde ich Ihrem Kind Dinge über Sie erzählen, die es ganz bestimmt lieber nicht hören würde. Ob Ihr Kind ein Leben in Reichtum und Macht oder als Bastard in Schimpf und Schande leben wird, liegt ganz allein in Ihren Händen."

Das alles war so schrecklich, so widerwärtig, so gemein, und mehr denn je hasste Katharina diesen Mann. Sie saß stocksteif da, Tränen quollen aus ihren Augen - aber sie weinte lautlos, kein Schluchzen, keine Widerrede waren zu hören.

Karl von Landau-Rotherich war schon an der Tür, als Katharina aufsprang und ihm nachrief: „Aber Ursula darf mir doch ab und zu Gesellschaft leisten? Früher hat sie mir vorgelesen. Wenn ich mit gar keiner Menschenseele reden kann, dann werde ich doch verrückt! Wollen Sie das meinem ... Ihrem Kind antun? Heranwachsen zu müssen in einem kranken, von Kummer ausgemergelten Leib, in dem eine wahnsinnige Seele wohnt?"

Er dachte nach. Lange und ohne sie aus den Augen zu

lassen. „Gut", sagte er schließlich. „Aber hoffen Sie nicht auf noch mehr Zugeständnisse."

*

Ursula kam erst am nächsten Tag. Karl von Landau-Rotherich schloss die Tür auf und sperrte hinter ihr wieder ab. Eine Weile standen sich die Frauen gegenüber und maßen sich mit Blicken. Konnte Katharina ihr noch trauen? Doch plötzlich lagen sie sich in den Armen, und Katharina weinte heiße Tränen.

„Wissen Sie, was er mir antun will?"

„Ja, er hat es mir gesagt." Sie senkte die Stimme. „Er ist eine Bestie, genau wie sein Vater!"

„Ich habe ihm das Kind versprochen. Ich musste es tun!" Sie schlug die Hände vors Gesicht. „So habe ich wenigstens ein wenig Zeit gewonnen. Zeit, in der sich noch Unvorhergesehenes ereignen kann ..."

„Pst, er könnte lauschen und durchs Schlüsselloch sehen!" Ursula legte einen Finger vor den Mund und sah zur Tür. Dann drückte sie Katharina auf einen Stuhl, schlug ein Buch auf, setzte sich ebenfalls und begann zu lesen.

„Im Voralpenland lebte einmal eine Familie. Der Mann war Küchenmeister bei einem Fürsten, die Frau versorgte sieben Kinder. Die älteste Tochter war klug und schön." Sie sah auf und Katharina eindringlich an. „Sie kam als Hausmädchen zu einem Fürsten ins Schloss. Der Fürst war schon alt, aber als er das Mädchen sah, wollte er sie besitzen." Ursula blickte wieder ins Buch und tat weiterhin, als würde sie lesen. Doch nichts von all dem stand auf den vergilbten Seiten. Was sie Katharina leise und mit monotoner Stimme 'Vorlas', war ihre Lebensgeschichte.

„Der Fürst machte sich über das Mädchen her und drohte ihr, den Vater zu entlassen und ihre Familie auf die Straße zu jagen, wenn sie sich nicht still fügte. Was sollte sie tun? Die sechs jüngeren Geschwister brauchten etwas zu essen, eine Wohnung, Kleidung ... also ließ sie was er wünschte über sich ergehen und schwieg. Etwa zur Selben Zeit, als sein Sohn, der junge Fürst, heiratete, wurde das Mädchen schwanger. Man wollte es aus dem Haus jagen, aber die junge Fürstin setzte sich für das Mädchen ein. Es durfte bleiben und das Kind zur Welt bringen, doch man nahm es ihr nach der Geburt fort. Die unglückliche Mutter wusste nicht einmal, ob es ein Mädchen oder ein Junge war. Wohin das Kind kam, weiß niemand - auch die junge Fürstin wusste es nicht. Sie war die Einzige, die Mitleid hatte. Als ihre Zofe eines Tages überraschend das Schloss verließ, wünschte sich die junge Fürstin, dass das Mädchen ihre Zofe würde. So blieben die beiden Frauen zusammen, bis die junge Fürstin bei der Geburt ihres Kindes starb."

Als Ursula aufsah, hatte sie Tränen in den Augen. „Nie hat das Mädchen, das inzwischen eine alte, manchmal verbitterte Frau geworden ist, ihr Kind vergessen können. Sie blieb auch nur im Haus des Fürsten, weil sie hofft, eines Tages doch noch einen Hinweis auf den Verbleib ihres Kindes zu finden."

Ursula sah wieder ins Buch und blätterte eine Seite um. „Das ist alles, was sie sich vom Leben noch wünscht - ihr Kind zu sehen, nur ein einziges Mal."

„O mein Gott, wie können Menschen nur so grausam sein!" Mit einem Blick zur Tür griff Katharina nach dem Buch, nahm es Ursula aus der Hand, und tat jetzt selbst, als würde sie lesen. „Weißt du denn gar nichts über dein Kind? Keinen einzigen Anhaltspunkt?"

„Nur eines habe ich herausgefunden: Es kam nach Ingolstadt."

„Und wann wurde es geboren?"

„Am 10 März 1803."

Plötzlich wurde der Schlüssel im Schloss umgedreht. Katharina blätterte die Seite um und las zum Schein. Als Karl von Landau-Rotherich den Raum betrat, klappte sie das Buch zu und beide Frauen standen auf.

Der Fürst sah von einer zur Anderen. Er ließ sich das Buch geben und blätterte es durch. Schließlich forderte er Ursula auf, die Tasche ihres Rockes umzukehren. Sie musste das Kleid schütteln, er sah ihr auch in den Ausschnitt. Schließlich schickte er sie hinaus, verließ dann hinter ihr den Raum und schloss ab.

Katharina war wieder allein. Verzweifelt und erschöpft sank sie auf einen Stuhl. Auch Ursula hatte man ihr Kind genommen, und auch bei ihr hatte es keine Gnade gegeben - sie sah keinen Ausweg, und sie wusste nicht, wie sie das alles ertragen sollte.

*

Als Ursula am nächsten Tag wiederkam, hatte sie eine wunderbare Nachricht für Katharina. Alles lief wie am Vortag ab. Für den Fall, dass der Fürst sie durchs Schlüsselloch beobachten würde, starrte Ursula in ihr Buch und tat, als würde sie lesen. „Sebastian hat geschrieben. Es ist mir gelungen, den Brief abzufangen. Ich habe ihn geöffnet - bitte verzeih mir, aber es war die einzige Möglichkeit, ihn dir zu übermitteln. Ich habe ihn also geöffnet und gelesen und mir alles eingeprägt. Dann habe ich ihn verbrannt.“

„Und was schreibt er - erzähle!“ Es gelang Katharina kaum, ihre Erregung zu verbergen. Ein Geräusch an der Tür mahnte sie jedoch, ihre Gefühle im Zaum zu halten.

„Er schreibt, Marie hat Annie gefunden - ich nehme an, Marie ist er selbst?“

„Ja - und Leonie, damit meint er mich.“

„Und wer ist Annie?“, fragte Ursula.

„Meine Amme und Kinderfrau. Sie ist wie eine Mutter für mich. Er sollte sie suchen."

„Dann scheint er sie gefunden zu haben. Annie lebt in Berlin bei einer Schwester in der Oranienburgerstraße." Ursula blätterte die Seite um und senkte die Stimme: „Er schreibt, es ist alles für die große Reise vorbereitet. Er wird bald kommen und dann eine Nachricht in einen gewissen 'Briefkasten' legen."

Katharina sprang auf, stürzte ans Fenster und sah hinaus. Es gelang ihr kaum, die Fassung zu bewahren. Sebastian würde kommen! Endlich! Sie würde ihn wiedersehen - und wenn es nur von der Ferne wäre, wenn sie ihn nur dort unten zwischen den Bäumen wüsste, das würde ihr schon helfen, ihr Schicksal zu ertragen.

Sie drehte sich wieder um, ging zu ihrem Stuhl zurück und setzte sich. „Du musst jeden Tag zwischen den Polstern des Sofas im Pavillon nachsehen. Das ist unser 'Briefkasten'."

„Im Sofa - gut. Und ich habe auch schon eine Idee,

wie ich euch zur Flucht verhelfen kann." Ursula blätterte eine Seite ihres Buches um und deutete auf eine Zeile. Dann steckten die beiden Frauen die Köpfe zusammen, und Ursula flüsterte Katharina ins Ohr, was sie sich ausgedacht hatte.

Als bald darauf die Tür aufgerissen wurde, fuhren die Frauen auseinander und starrten dem Fürsten entgegen.

„Es ist genug für heute!", schrie er sie an, zog Ursula an sich und begann mit seiner erniedrigenden Untersuchung.

Als er nichts gefunden hatte, schickte er sie hinaus und befahl ihr zu warten. Dann ging er zu Katharina, hob ihr Kinn, damit er ihr in die Augen sehen konnte, und starrte sie eiskalt an. „Du bist ein kleines Luder! Glaube ja nicht, dass ich mich von dir täuschen lasse. Und morgen, meine Liebe, fahren wir auf einen Spaziergang zum See." Er verließ mit wütenden Schritten den Raum und schloss wieder ab.

Draußen packte er Ursula am Arm. „Was habt ihr da getuschelt!"

Sie schüttelte seine Hand ab und sah ihn an. Plötzlich lächelte sie. „Es war ganz in Ihrem Sinne, Durchlaucht. Ich bin die Einzige, der sie hier vertraut. Und ich weiß, dass sie fliehen will. Ich werde sie aushorchen, und ich werde Ihnen alles bis ins Kleinste verraten - ich habe nur einen Wunsch als Gegenleistung.“

„Und das wäre?“ Er sah sie misstrauisch an.

„Verraten Sie mir, wohin damals mein Kind gebracht wurde.“

*

Erst gegen Mitternacht war Katharina eingeschlafen. Als sie ein Geräusch hörte, fuhr sie hoch. Eine schattenhafte Gestalt stand neben ihrem Bett, warf sich plötzlich auf sie und hielt ihr den Mund zu, damit sie nicht schreien konnte.

„Still - ich bin es!“

Ihr Puls raste vor Angst, es dauerte eine Weile, bis sie sich beruhigt hatte und Ursula sie loslassen konnte.

„Wie kommst du herein?" fragte Katharina.

„Ich habe einen zweiten Schlüssel - aber wenn der Fürst davon erfährt, wird er mich grausam bestrafen. Wir können den Schlüssel nur benutzen, wenn er Opium geraucht hat, so wie jetzt."

Ursula beugte sich zu Katharina und flüsterte ihr ins Ohr: „Sebastian ist gekommen!"

„Du meinst ..." Katharina schlug die Hände vor den Mund.

„Ja, du wirst ihn sehen! Jetzt gleich. Er wartet im Pavillon."

Katharina warf sich ein Tuch über die Schultern, dann schlichen die beiden Frauen durch den dunklen Flur. Doch statt die Treppe zu nehmen, öffnete Ursula eine Drehtür, die unsichtbar in die Wand eingelassen war. Dahinter führte eine schmale Treppe direkt in den Keller und von da nach draußen.

„Das letzte Stück kannst du ohne mich gehen. Du hast zwei Stunden Zeit. Wenn ich rufe wie ein Käuzchen, musst du zurückkommen."

„Ja", versprach Katharina. „Ich werde auf das Käuzchen achten!" Damit verschwand sie in der Dunkelheit und lag wenig später in Sebastians Armen.
„Liebster, ich hatte solche Sehnsucht nach dir!"

„Und ich nach dir!" Seine Küsse, seine Hände waren
überall auf ihrem Körper, und sie stöhnte auf vor
Glückseligkeit.

Dann sprudelte alles aus ihr heraus. Dass sie schwanger war, dass der Fürst es wusste, dass er ihr das Kind
nehmen wollte oder sie und auch das Kind schrecklich bestrafen würde - und dass Ursula bereit war,
ihnen zur Flucht zu verhelfen.

Für Sebastian waren all diese Nachrichten ein Wech-
selspiel von Freude und blankem Entsetzen; am liebsten wäre er mit Katharina auf der Stelle geflohen.

„Und wir bekommen wirklich ein Kind?" Er legte sanft
seine Hand auf Katharinas Bauch. „Kann ich es schon
fühlen?"

Sie lächelte und küsste ihn. „Ich weiß nicht, du kannst
es ja versuchen!" Sie streifte ihr Nachtkleid ab und

zog seinen Kopf zu sich herab. Wie Schmetterlinge huschten seine Küsse über ihren Hals, ihre Brüste, die Innenseiten ihrer Arme, hinunter zu ihrem Bauch. Er legte ein Ohr auf ihren Nabel und lauschte.

Selig ließ sie es zu. Egal was auch immer passieren würde, Sebastian war der Mann, zu dem sie gehörte. Nur ihm hatte sie vor Gott ihr Jawort gegeben, und allein für ihn schlug ihr Herz.

Als es Zeit wurde, kleidete sie sich wieder an, dann warteten sie eng umschlungen auf den Ruf des Käuzchens.

„Ich kann vielleicht nicht mehr kommen, bevor wir fliehen. Ursula wird alles vorbereiten und dir hier ins Polster die Nachricht stecken. Du musst nur zwei Pferde besorgen und dich bereithalten. Das ist alles, den Rest wird sie erledigen und dich rechtzeitig benachrichtigen."

Das Käuzchen rief. Sie küssten sich voller Leidenschaft ein letztes Mal, dann hastete Katharina zur Kellertür zurück.

*

Zwei Tage vergingen, in denen nichts geschah. Es war seltsam still, wie die Ruhe vor dem Sturm. In den frühen Morgenstunden des dritten Tages stand plötzlich Ursula neben Katharinas Bett. Sie legte ihr eine Männertracht hin, wie sie die Bauern trugen, dazu einen Hut und eine Satteltasche, in der sie einige wichtige Dinge verstaut hatte.

Ihre Anweisungen waren knapp: „Es ist so weit. In ein paar Minuten ist es hell genug, um zu reiten. Ich habe alles so vorbereitet wie besprochen. Du kannst noch zurück. Wenn du aber jetzt gehst und wirst aufgegriffen, bist du verloren."

„Ich weiß", flüsterte Katharina. „Aber lieber sterben als dieses erbärmliche Leben noch länger ertragen müssen." Sie zog sich an, schulterte die Satteltasche und umarmte Ursula.

„Sebastian kennt den Weg, ich habe ihm eine Beschreibung ins Polster gesteckt."

„Ich danke dir. Und verlass dich auf mein Wort - sobald wir in Sicherheit sind, wird Sebastian nach deinem Kind forschen."

„Ja, jetzt geh schon!"

Katharina lief los und verschwand hinter der geheimen Drehtür.

Ursula wartete eine Weile. Dann zog sie den Schlüssel aus dem Schloss und schob ihn von innen wieder hinein, ging zu den Räumen des Fürsten und pochte so lange gegen die Tür, bis er öffnete.

„Was ist?", herrschte er sie an.

„Bitte, entschuldigen Sie Durchlaucht, aber ich hatte verdächtige Geräusche gehört. Ich ging zu den Räumen der Fürstin und fand sie aufgeschlossen. Ich sah mich verwundert um, suchte Ihre Gemahlin im Badezimmer und hörte im selben Moment draußen Hufgetrappel. Vom Fenster aus konnte ich beobachten, wie sie auf einem Pferd Richtung See davonritt. Ein Mann war bei ihr."

Er starrte Ursula an. „Wie konnte sie aus dem Zimmer

kommen?"

Sie zuckte die Schultern. „Ein Schlüssel steckt von innen. Ich weiß nicht, woher sie ihn hatte."

Fluchend schlug Karl von Landau-Rotherich die Tür zu, riss sie aber gleich wieder auf. „Wecken Sie den Stallburschen. Er soll den Rappen satteln - verdammt, nun gehen Sie schon!"

Wenig später schwang sich Karl von Landau-Rotherich aufs Pferd und jagte Richtung See davon.

Ursula sah ihm nach. Als er im Dunkel des Waldes verschwunden war, wandte sie sich um und ging zufrieden lächelnd zurück ins Haus. Alles war nach Plan verlaufen - die Flucht, der fingierte Verrat, auch die falsche Fährte Richtung See hatte der Fürst ohne Argwohn eingeschlagen. Mit ein wenig Glück würden Katharina und Sebastian schon in zwei oder drei Stunden in Balazeg sein. Und von dort würden sie spätestens morgen mit einer Postkutsche Richtung Wien abreisen.

Das Schicksal hatte es jedoch anders geplant.

Kaum eine Stunde war vergangen, als plötzlich hart gegen das Portal des Schlosses gepocht wurde. Der Hausdiener öffnete und starrte mit aufgerissenen Augen auf die notdürftig zusammengezimmerte Bare, auf der blutverschmiert und schlammbedeckt der Fürst lag. Drei Waldarbeiter standen daneben. Sie hatten die Hüte gezogen und hielten sie vor die Brust.

„Wir bringen den gnädigen Herren", sagte einer der Männer. „Er muss wohl beim Reiten gestürzt sein. Wir haben ihn neben seinem Pferd im Wald gefunden. Er war bereits tot."

Ursula kam nun die Treppe herunter. Als sie sah, was passiert war, wurde sie blass.

„Wir müssen die Fürstin wecken", verlangte der Diener.

Ursula sah ihn erschrocken an. „Nein - noch nicht!" Sie dachte fieberhaft nach, wie sie Katharina zurückholen und die Flucht vertuschen konnte. „Bringt ihn in sein Zimmer, aber seid leise. So darf die Fürstin ihn nicht sehen. Er muss gewaschen werden, man muss ihm die klaffende Wunde nähen und ihn mit Kamm und Puder herrichten, damit sie ihn ohne Grauen ansehen kann. Im Ort gibt es doch eine Leichenwäscherin, die sich auf so etwas versteht. Wir lassen sie zuerst holen und die Fürstin schlafen. Alles will vorbereitet und bedacht sein."

Das Herz blieb Katharina vor Schreck stehen, als sie umblickte und einen Verfolger hinter sich ausmachte. Sie wollte ihrem Pferd die Sporen geben, doch da hörte sie, wie der Mann schrie: „Ein Brief von Frau Ursula! Ein Unglück ist geschehen! Sie müssen umkehren!" Es war Mirek, einer der Burschen, dem Ursula ihr Vertrauen schenkte.

Katharina las die Nachricht und reichte sie an Sebastian weiter. Bestürzt sahen die beiden sich an. „Ursula hat recht - ich muss zurück. Ich muss die Form wahren, jetzt ist es noch nicht zu spät."

„Aber das bedeutet ..." Sebastian sah sie entsetzt an. „Es bedeutet, du musst achtzehn Trauermonate einhalten, und genauso lange können wir uns nicht sehen."

„Aber reisen kann ich schon nach einem Jahr wieder", tröstete sie ihn mit Tränen in den Augen. „Und wenn alles vorbei ist, bin ich endlich frei und niemand kann mir mehr befehlen. Bedenke, dann bleibt uns ein Leben in Ächtung erspart."

Traurig sah er sie an. „Wirst du hierbleiben?"

„Nein, sobald irgend möglich kehre ich nach Bayern zurück. Ich schicke dir eine Nachricht an die alte Adresse." Sie sahen sich lange und zärtlich an. Dann wendete Katharina ihr Pferd und folgte Mirek nach Héviz zurück.

*

Katharina stand am Fenster und starrte hinaus. Schnee bedeckte die Dächer, der Himmel war trübe. Vor elf Monaten war sie getraut worden und hatte hier, auf Schloss Bergenau, ihre Hochzeit gefeiert. Damals wäre sie am liebsten gestorben. Jetzt trug sie Sebastians Kind unter dem Herzen und wartete auf ihre Niederkunft. Bald war es so weit! Nur noch ein paar Wochen, dann konnte sie nach Berlin reisen, um

Annie zu besuchen und heimlich auch Sebastian wiederzusehen.

„Mein Gott, wie ich mich nach ihm sehne!“, flüsterte sie und lehnte die heiße Stirn gegen das kühle Fensterglas.

Als sie nach Bergenau gekommen war, hatte sie gehofft, wenigstens innerhalb der Schlossmauern ein freier Mensch zu sein. Doch kaum hatte sie ihren Fuß über die Schwelle gesetzt, kam auch ihre Mutter schon und nistete sich bei ihr ein. Mechthild von Thürnheim stand dem Fürsten als Gefängniswärterin in nichts nach. Katharinas Briefe wurden gelesen, ihre Ausflüge begleitet, jeder Atemzug kontrolliert. Zum Glück hatte sie ihre Zofe Gabriele, die hin und wieder heimlich einen Brief an Sebastian zur Poststation brachte, nur eine Antwort konnte sie nicht erhalten.

Katharina legte ihre Hände auf ihren Leib und fühlte, wie das Kind sich bewegte. Ein Lächeln huschte über ihr Gesicht, und sie flüsterte: „Wenn du ein Junge wirst, nenne ich dich Ulf, nach deinem Urgroßvater und wenn du ein Mädchen wirst, Ursula.“

Als sie an Ursula dachte, seufzte Katharina. Sie hatte sie angefleht, mit ihr nach Bergenau zu reisen, aber Ursula wollte unbedingt in Héviz bleiben. „Wie könnte ich auf Schloss Bergenau leben, wo ich all das Schreckliche erleiden musste, was man mir angetan hat. Ich bleibe hier, und wenn ihr mein Kind findet, werde ich kommen, um es wenigstens einmal, ein einziges Mal zu sehen."

Ab und zu brachte man ihr Briefe von Ursula. Sie klangen schwermütig und machten Katharina Sorgen. Ich kann diese Einsamkeit in meinem Herzen nicht länger ertragen. Ich wollte, Gott würde meinem Leben ein Ende setzen!

„Himmel, diese Ungewissheit! Wenn sie nur endlich eine Möglichkeit sähe, mit Sebastian in Verbindung zu treten!" Katharina schlug mit der Faust gegen den Fensterstock und fuhr im nächsten Moment herum, denn plötzlich stand ihre Mutter im Raum und hielt drohend einen Brief hoch. „Wie kommst du dazu, diesem von Stetten heimlich Briefe zu schreiben und deine Zofe damit loszuschicken! Und diese dumme Kuh verliert ihn auch noch, so dass jeder ihn finden und diesen hirnlosen Liebesschund lesen kann!"

Katharina wurde blass.

„Nun, rede! Wie lange geht das schon!" Mit vor Wut funkelnden Augen sah Mechthild von Thürnheim ihre Tochter an.

Die Angst vor ihrer Mutter schien Katharina zu lähmen. Am liebsten wäre sie jetzt tot umgefallen. Doch sie blieb am Leben, und als ob ihr Kind sie daran erinnern wollte, dass sie schließlich selbst Mutter wurde und endlich erwachsen werden musste, trat es ihr gegen den Leib, dass sie sich zusammenkrümmte.

Als sie sich stöhnend wiederaufrichtete, stand Mechthild von Thürnheim dicht vor ihr, und einen Moment lang dachte Katharina, dass die Mutter zuschlagen würde - eine Ohrfeige, als wäre sie noch ein kleines, dummes Mädchen! Das war zu viel. Katharina hatte genug Demütigungen erlitten, hatte sich verheiraten und herumschieben lassen, sogar mit dem Tod hatte man ihr gedroht, und ihr Kind wollte man ihr nehmen. Jetzt sollte endlich Schluss damit sein! In blinder Wut schrie sie ihre Mutter an: „Lass mich in Ruhe! Verschwinde aus meinem Leben und aus diesem Schloss! Ich bin fast zwanzig Jahre alt! Ich bin Witwe und eine Fürstin! Wenn du dich mir gegenüber nicht gebührend verhältst, werde ich Mittel finden, dich in deine Schranken zu verweisen!"

Mechthild von Thürnheim schnappte nach Luft. „Du wagst es ..." begann sie, aber Katharina ließ sie nicht ausreden.

„Ja, ich wage es! Ich lasse mir nicht mehr befehlen. Nicht von dir und nicht von sonst jemandem. Ich allein werde in Zukunft über mein Leben bestimmen!"

„Ha!" Katharinas Mutter brach in Lachen aus. „Und dann wirst du nichts Eiligeres zu tun haben, als diesen dahergelaufenen von Stetten zu heiraten? Einen, der noch nicht einmal Baron ist! Und dafür deinen Fürstentitel aufgeben? Wirklich, eine reife Entscheidung!"

„Titel sind Ihre Sache, Mama. Mir bedeuten sie nichts."

„Ach! Aber vielleicht hat ja das eine Bedeutung für Sie, Fürstin: Man hat mir zugetragen, dass Ihr Herr von Stetten sich in Pfaffenhofen mit einer Apotheker-stochter herumtreibt."

Katharina erstarrte. „Das glaube ich nicht", sagte sie.

„Nein? Soll ich Zeugen beibringen? Oder reicht es, wenn ich sage, dass er sich heimlich mit ihr trifft, und dass ihre Eltern sie aus einem Gasthaus holen und einsperren mussten, weil er mit ihr fliehen wollte!"

Katharinas Lippen zitterten, sie kämpfte mit den Trä-nen. Ihre Mutter nahm es mit einem abfälligen Grin-sen zur Kenntnis und setzte noch eins drauf: „Auch heißt es, dass sie eine Schönheit sei, und schon ganz anderen Männern als ihm den Kopf verdreht hat!"

„Hören Sie auf!", schrie Katharina und hielt sich die Ohren zu. „Schweigen Sie und verlassen Sie mein Haus! Ich habe endgültig genug von Ihren Boshaftig-keiten!"

„Nun gut." Mechthild von Thürnheim warf den Kopf in den Nacken. „Ich werde gehen. Doch es wird dir noch leidtun, deine Mutter so vor den Kopf gestoßen zu haben. Eines Tages wirst du merken, dass ich

Recht hatte und mich um Verzeihung bitten müssen." Damit rauschte sie hinaus.

„Niemals", flüsterte Katharina. „Sei gewiss, Mama, niemals ..." Sie brach weinend zusammen.

*

Sebastian und die junge Frau, mit der er nach Héviz gekommen war, folgten Helén zum Pavillon. „Dort sitzt sie." Helén deutete auf eine zusammengesunkene Gestalt mit grauem Haar und rief: „Frau Ursula, da ist ein Herr und will Sie sprechen!"

Ursula rührte sich nicht. Erst als Sebastian vor sie hintrat, schrak sie aus ihren Gedanken und sah ihn forschend an.

„Ich bin es - Sebastian von Stetten. Ich bringe Ihnen Ihre Tochter."

Ursulas Augen wurden weit. Erst jetzt nahm sie die junge Frau wahr, die etwas abseits stand und sie neugierig musterte. Blond war sie, schlank und hochgewachsen. Eine Schönheit mit einem feinen Gesicht und einem wachen, intelligenten Blick.

106

„Ist sie das? Meine Tochter? Ich habe wirklich eine Tochter?" Tränen erstickten ihre Stimme. Von Freude überwältigt schlug sie die Hände vors Gesicht, und plötzlich lagen sich die beiden Frauen weinend in den Armen.

Sebastian zog sich zurück und ließ ausrichten, dass er am Nachmittag wiederkäme. Als er dann zum zweiten Mal vor Ursula stand, sah sie ihn mit leuchtenden Augen an. „Ich danke Ihnen! Ich danke Ihnen so sehr - und wie geht es Ihnen selbst?"

Er schüttelte den Kopf. „Ich bin der unglücklichste Mensch auf Erden. Katharina will nichts mehr mit mir zu tun haben! Ich verstehe es nicht. Zuerst schrieb sie mir noch glühende Liebesbriefe, dann teilte sie mir plötzlich mit, dass wir getrennte Leute seien. Ich schrieb ihr noch zwei oder dreimal, doch sie antwortete nicht, und als ich nach Bergenau fuhr, in der Hoffnung, sie sprechen zu können, hieß es, sie sei verreist. Ich fuhr nach Berlin, hoffte, sie bei ihrer alten Amme zu finden, aber auch die war verreist. Schließlich kümmerte ich mich wieder um Sybilla, Ihre Tochter. Es gelang mir endlich, mit ihr zu fliehen - ja und jetzt bin ich hier."

Plötzlich griff er nach Ursulas Händen und sah sie flehentlich an. „Und wenn Sie mit nach Bergenau kämen? Wenn Sie mit Katharina reden würden? Ihnen sagt sie doch bestimmt, warum sie mich plötzlich nicht mehr liebt."

Ursula hob die Hand und strich Sebastian zärtlich durchs Haar. „Es wird nicht nötig sein, lieber Freund, denn sie ist hier." Sie stand auf, verließ das Zimmer, und kurz darauf trat Katharina ein.

Sie fiel Sebastian um den Hals. „Verzeih mir, Liebster, es tut mir so leid! Alles war ein Missverständnis. Man hat mir erzählt, du hättest eine Andere - ich war so verletzt."

„Aber …"

„Pst!" Sie hielt ihm die Hand vor den Mund. „Ich weiß ja schon alles. Sybilla hat uns erzählt, dass man sie mit Gewalt zurückhalten wollte und dass ihr fliehen musstet … ach Sebastian, ich war ja so dumm! Wie konnte ich meiner Mutter nur glauben und an deiner Liebe zweifeln!"

Sie hielten sich fest und küssten sich immer und immer wieder.

Plötzlich schob Sebastian Katharina von sich und sah sie forschend an. „Und unser Kind? Es muss ja bereits zwei Monate alt sein!"

Katharina strahlte. „Ja, wir haben eine Tochter. Sie heißt Ursula." Katharina klingelte. Kurz darauf erschien eine alte Frau mit einem schlafenden Säugling auf dem Arm.

„Das ist sie, unsere Kleine - und das ist Annie! Jetzt sind wir alle zusammen! Jetzt kann uns nichts mehr trennen!"

# Rendezvous auf Schloss Chambord

1539 - Marquis Emmanuel Montrésor ist seit zwei Jahren mit der schönen und jüngeren Clarine verheiratet, die er mit seiner Eifersucht verfolgt. Clarine war ihm immer treu, unter seiner Eifersucht leidet sie. Das Paar wird vom König nach Chambord eingeladen. Auch der schöne Frauenheld Marquis Hubert de Couly ist anwesend. Mit seine Hilfe stellt Montrésor seine Gemahlin auf die Probe ...

Der Diener, klappte das Trittbrett aus der Kutsche und wartete, bis seine Herrin, Marquise Clarine von Montrésor, ihre Röcke gerafft hatte, um einsteigen zu können. Es würde eine lange Fahrt werden bis Schloss Chambord. Zehn Stunden, das konnte man Madame nicht zumuten. Deshalb hatten die Herrschaften eine Übernachtung auf Château Saint-Martin bei einer Kusine und Freundin der Marquise geplant.

Als seine Herrin Platz genommen hatte und auch der Marquis eingestiegen war, schloss der Diener die Tür. Er stieg auf den Kutschbock, setzte sich neben die

Zofe von Madame und nickte dem Kutscher zu. Der ließ die Peitsche knallen, die beiden Rappen trabten an, und sie verließen den Hof von Schloss Montrésor.

Clarine beugte sich aus dem Fenster, warf einen Blick zurück. Sie trat diese Reise mit gemischten Gefühlen an. Vom König auf Schloss Chambord eingeladen zu sein war eine sehr große Ehre. Doch vor allem freute sie sich auf das Wiedersehen mit ihrer Kusine Marie. Sie waren sich vertraut von Kindheit an, hatten viele gemeinsame Sommer auf Château Saint-Martin verbracht. Nur ihr konnte sie alles von sich erzählen, ohne befürchten zu müssen, es als Hofklatsch wiederzuhören. Aber die Eifersucht ihres Gatten schmälerte jegliche Vorfreude auf Marie, den König und die Weiterreise nach Chambord. Emmanuel würde jeden ihrer Schritte mit Misstrauen verfolgen. Jeden Augenaufschlag würde er hinterfragen, jedes Lachen würde ihm verdächtig erscheinen.

Dabei hatte sie ihn nie betrogen. Sie liebte ihn doch, auch wenn er fünfzehn Jahre älter war als sie. Als er vor zwei Jahren um ihre Hand angehalten hatte, war sie froh gewesen, einen Mann wie ihn zu bekommen. Einen, der ihre Bildung schätzte, ihr den Mund nicht

verbieten wollte und zudem ein angenehmes Aussehen hatte. Einen sinnlichen Mund, schöne blaue Augen zu seinem dunklen Haar, groß und stattlich. Doch
seine Eifersucht war unerträglich!

„Woran denkt Ihr?", fragte Emmanuel von Montrésor, als sie so lang aus dem Fenster blickte.

Sie lehnte sich in den Sitz zurück und sah ihn an. „Ich
denke, dass es eine lange, anstrengende Fahrt werden wird."

Wie um ihre Worte nicht Lügen zu strafen fuhren sie
durch ein Schlagloch. Ihr Kopf knallte gegen die Rück-
wand, die zum Glück gepolstert war. Sie richtete ihre
Samthaube und seufzte.

Der Marquis nahm ihre Hand. Er führte sie zu seinem
Mund, um sie zu küssen. Sein Lächeln war warm - so
warm wie es kalt sein konnte, wenn er glaubte, einen
Ehebruch zu wittern. „Wenn Ihr wollt, machen wir
jede Stunde einmal Pause, damit ihr Euch ausruhen
könnt. Der Diener hat für diesen Fall einen Picknick-
korb gepackt."

„Jede Stunde, mon Dieu! Da kommen wir ja nie an. Also, nein, ich sag es Euch schon, wenn es mir zu anstrengend wird.“

*

Sechs Stunden waren sie unterwegs gewesen, als Château Saint-Martin vor ihnen auftauchte. Zedern, Buchen und Platanen schmückten den Park, riesige alte Bäume, unter denen sie und Marie groß geworden waren. Von Abenteuern hatten sie geträumt, von einem Leben in Glück und Geborgenheit. Jetzt waren sie Ehefrauen, und wirklich glücklich war keine von ihnen.

Kaum hatte die Kutsche angehalten und der Diener seiner Herrin aus der Kutsche geholfen, stürmte Marie auch schon aus dem Schloss, und die Frauen lagen sich in den Armen. Emmanuel von Montrésor und Marquise Viktor Saint-Marin verbeugten sich nur kurz voreinander und bemühten sich, das ungebührliche Benehmen ihrer Gattinnen zu übersehen.

„Wie geht es Euch, meine Liebe?“

„Danke, ich bin gesund, es fehlt mir an nichts."

„Und war die Fahrt sehr anstrengen?"

„Mein lieber Gatte hat alles getan, um sie für mich so angenehm wie möglich sein zu lassen."

Während sie so redeten, betraten sie das Schloss. Ein Imbiss war im kleinen Salon angerichtet. Sie nahmen eine Kleinigkeit zu sich, tranken ein Glas Wein dazu und tauschten Belangloses aus.

„Ich musste so lang sitzen, gerne würde ich ein paar Schritte gehen", bat Clarine schließlich.

„Ich begleite Euch!", rief Marie sofort, sah ihren Mann an und sagte: „Ihr wollt doch sicher einen kleinen Ausritt mit dem Marquis machen?"

Ausreiten wollten die beiden Männer eigentlich nicht, aber so gefragt konnten sie auch nicht ablehnen.

Als Clarine sich frisch gemacht hatte und die Männer im Sattel saßen, auf dem Weg durch den Park Richtung Loire trabten, fielen sich die Frauen noch einmal um den Hals. „Endlich! Endlich können wir in Ruhe reden. Nun sag schon, wie geht es dir wirklich?"

Clarine folgte der Kusine in den Park. „Erst du!", bat sie.

„Ich hatte eine Fehlgeburt, doch das weißt du ja bereits. Ich habe Angst vor einer neuen Schwangerschaft, aber natürlich werden ich es auf mich nehmen. Viktor braucht einen Nachkommen."

„Liebst du Viktor?"

„Ach, Liebe! Er ist gut zu mir, ich mag seinen Humor, und ich liege gern bei ihm. Das ist doch schon mehr, als andere Frauen über ihre Ehemänner sagen können. Und du? Liebst du Emmanuel?"

„Ja. Aber er macht es mir sehr schwer, ihn zu lieben. Er verfolgt mich mit seiner Eifersucht, das ist krankhaft. Er knechtet mich. Und ist der Himmel noch so blau, immer legt sich ganz ohne Grund ein Schatten über uns. Vor zwei Wochen war der junge Herzog von Chevreuse bei uns. Kennst du ihn?"

Marie nickte. „Kein sehr ansehnlicher Mann."

„Eben. Er war charmant zu mir, ohne aufdringlich zu sein, und ich bin ihm freundlich begegnet. Da hättest du Emmanuel erleben müssen. Er machte mir Vorwürfe, ich würde ihn blamieren. Und mitten in der Nacht stürmte er mein Schlafzimmer wie ein Feldherr die Schlacht, nur um sich zu vergewissern, dass der Herzog nicht bei mir liegt."

„Das ist verletzend."

„Du sagst es!" Wütend stieß Clarine mit dem Schuh gegen einen Ast, so hart, dass er gegen einen Baum krachte. „Manchmal hätte ich Lust, ihn wirklich einmal zu betrügen. Nur um zu wissen, wofür ich diese Eifersucht ertragen muss."

Marie lachte. „Dann tu's doch! Auf Chambord bietet sich bestimmt eine angenehme Möglichkeit für ein kleines tête-à-tête."

Jetzt lachte auch Clarine. „Dazu fehlt mir auf jeden Fall der Mut! – Seid ihr auch nach Chambord eingeladen? Es kam so überraschen, dass wir uns gar nicht mehr schreiben konnten."

„Ja, das sind wir." Marie hängte sich lächelnd bei Clarine ein. „So haben wir beide noch ganze fünf Tage miteinander. Oder ist dein Gatte auch auf mich eifersüchtig?"

„Ich hoffe doch nicht!" Clarine seufzte.

*

Beim Abendessen hatte man beschlossen, gemeinsam im großen Reisewagen des Marquis Saint-Martin nach Chambord weiterzureisen. Der kleinere Wagen von Emmanuel folgte mit den Dienern und Zofen. So konnte man sich die Zeit mit Plauderei vertreiben.

Die Männer unterhielten sich über das Edikt, das der König vor wenigen Tagen erlassen hatte. „Es beinhaltet eine umfangreiche Reform von Justiz und Verwaltung", erklärte Emmanuel, der in Rechtsangelegenheiten bewandert war. „Da wegen mangelnder Lateinkenntnisse immer wieder Fehler gemacht wurden, wünscht der König ab sofort, dass alle Verträge, Testamente, Akte und Beurkundungen nicht mehr auf Latein sondern in französischer Sprache ausgesprochen und ausgehändigt werden.“

Die beiden Frauen hörten eine Weile zu, steckten aber schon bald die Köpfe zusammen, um sich mit Hofklatsch die Zeit zu vertreiben.

„Es heißt, dass der König seine Gunst neuerdings einer anderen Marie schenkt“, flüsterte Marie. „Marie d´Assigny, Madame de Canaple wurde durch Marie de Langeac, Madame de Lestrange ausgetauscht.“

Clarine lachte leise und hinter vorgehaltener Hand. „Er scheint es mit den Marien zu haben! Da musst du dich in Acht nehmen!“

Marie schlug Blicke zur Decke. „Mon Dieu, ich als Maitresse des Königs! Nie und nimmer.“ Sie warf einen kurzen Blick auf ihren Gatten, der sich inzwischen darüber auslieﬂ, dass der König sich mit dem Bau von Schloss Chambord finanziell vollkommen übernommen hatte. „Dazu liebe ich Viktor viel zu sehr“, fuhr sie hinter vorgehaltener Hand fort. „Und es wäre mir auch zu anstrengend, die Damen des Hofes als Feindinnen zu haben, einschließlich der Gattin des Königs."

„Franz ist ein Frauenheld!", mokierte sich Clarine noch etwas leiser – denn so sprach man über den König nicht!

Marie zuckte die Schultern, eine Antwort blieb sie schuldig.

Sie sah zu den Männern, die ihnen gegenübersaßen und sich noch immer über Schloss Chambord unterhielten. „426 Zimmer, 83 Treppen, 282 Kamine!" Emmanuel schüttelte den Kopf. „Wozu? Chambord macht mit seiner Architektur sogar Schloss Versailles Konkurrenz!"

„Erst einmal muss das Schloss ganz fertiggestellt sein, und dazu fehlt dem König das Geld", entgegnete Viktor.

„Architekt des Schlosses soll der große Meister Leonardo da Vinci sein", mischte sich nun Marie ein. „Und wie man hört, soll es im Schloss eine Zaubertreppe geben, die er entworfen hat. Eine Wendeltreppe, auf der zwei Personen gleichzeitig auf und abschreiten können, ohne sich jedoch zu begegnen."

Clarine schüttelte den Kopf. „Wie soll das möglich sein? Das ist bestimmt nur ein Gerücht!"

„Meister da Vinci kann so etwas", beharrte Marie.

Nach zwei Stunden Fahrt legten sie eine Pause ein. Die Diener servierten ein Picknick, die Zofen kümmerten sich darum, dass die Damen austreten konnten. Anschließend fuhr man weiter, und noch einmal zwei Stunden später erreichte man endlich Schloss Chambord. Groß und mächtig, mit endlos vielen Türmchen, Zinnen, Schornsteinen, Giebeln, Gauben und Laternen tauchte es vor ihnen in der Nachmittagssonne auf. „Es ist wirklich ein Wunder!", rief Marie aus.

Die Kutsche fuhr in den Innenhof des Schlosses und stoppte vor dem Hauptportal. Ein Diener empfing sie, half den Damen, auszusteigen. Etwas abseits stand ein Mann, er war ausgesprochen schön und seiner Kleidung nach ein Adeliger. Zwei Damen waren an seiner Seite, die sich sichtlich Mühe gaben, ihm zu gefallen. Doch als er Clarine erblickte, galt seine Aufmerksamkeit ganz ihr. Er verbeugte sich mit Kratzfuß, dabei schwenkte er seinen Hut. Die beiden Damen an seiner Seite folgten seinem Blick und bedachten Clarine mit einem wenig freundlichen Augenblitzen.

Auch Emmanuel hatte den 'Vorfall' beobachtet, wie er es nannte, als er mit Clarine allein war.

„Ein Vorfall?" Sie schüttelte den Kopf. „Aber ich habe doch nichts Verwerfliches getan! Ich wurde freundlich gegrüßt und antwortete mit einem Kopfnicken."

„Er hat mit Euch geflirtet!"

„Wenn Ihr dieses Empfinden habt, müsst Ihr Euch an ihn wenden. Ich für meinen Teil war lediglich freundlich, dazu wurde ich erzogen. Es gehört sich, einen Gruß zu erwidern." Damit ließ sie ihn stehen.

Später erzählte sie Marie davon. Die schmunzelte. „Wolltest du nicht einmal einen kleinen Seitensprung wagen? Dann ist dies die beste Gelegenheit! Der, der dich so überaus charmant gegrüßt hat, ist Marquis Hubert de Couly."

„Ich kenne ihn nicht.“

„Das wird sich bestimmt bald ändern! Der Marquis ist einem Flirt nie abgeneigt, und du scheinst ihm zu gefallen.“

Emmanuel sah aus dem Fenster. Im Garten des Schlosses spazierte Clarine an der Seite von Marie. Sie unterhielten sich und lachten. „Was sie nur immer zu tuscheln haben“, brummte er.

Viktor trat an seine Seite, sah ebenfalls hinunter und zuckte die Schultern. „Die Welt der Frauen wird uns wohl auf ewig verschlossen bleiben.“ Er lachte, klopfte Emmanuel dabei auf die Schulter. „Aber dass sie ein Geheimnis für uns sind, macht sie doch so interessant.“

„Geheimnis!“ Emmanuels Blick verfinsterte sich. „Ich möchte nicht, dass meine Frau ein Geheimnis vor mir hat.“

„Und Ihr? Habt Ihr keine Geheimnisse vor Eurer Gattin?“

„Nein", behauptete Emmanuel. Er drehte sich zu Viktor um und verschränkte die Arme. „Bestimmt habt ihr doch auch gesehen, wie dieser Herr mit ihr geflirtet hat!"

„Marquis de Couly? Er flirtet mit jeder Frau. „Aber wenn Ihr solche Zweifel an der Treue Eurer Gattin habt, stellt sie doch auf die Probe. Die Gelegenheit ist günstig!"

„Wie meint ihr das?"

„Marquis Hubert de Couly ist nicht besonders schlau. Schönheit und sein Titel sind alles, was ihm der Liebe Gott in die Wiege gelegt hat. Auch an Geld mangelt es ihm meist, und so ist er für einen guten Lohn bestimmt dazu zu überreden, Eure Gattin zu einem Tête-à-Tête zu verführen und Euch über ihr Benehmen Bericht zu erstatten. Trifft sie sich mit ihm, ist sie überführt. Wenn nicht, habt ihr keinen Grund, sie weiterhin mit Eurem Misstrauen und Eurer Eifersucht zu verfolgen.

„Ich weiß nicht … also nein!" Emmanuel von Montrésor schüttelte heftig den Kopf.

Doch der Gedanke ließ ihm keine Ruhe mehr. Er beobachtete diesen Marquis. Ein Schönling, weiß Gott! Und die Frauen schienen ihm zu Füßen zu liegen. Würde Clarine den Avancen dieses Mannes widerstehen, könnte er sich ihrer Treue für alle Zukunft sicher sein.

Emmanuel wusste, dass Couly abends gerne Karten spielte. Auf dem Weg zum Herrensalon passte er ihn ab und zog ihn zur Seite. „Auf ein Wort Marquis …"

*

Dreimal klopfte der Hofmarschall mit seinem Stock auf den Boden. „König Franz I. und seiner Gattin, Königin Eleonore!"

Die Flügeltüren des Festsaales öffneten sich. Franz und Eleonore schritten auf einem roten Teppich das Spalier ihrer Gäste ab, die sich tief verneigten und erst den Blick wieder hoben, als das Paar an ihnen vorbeigegangen war. Als Clarine sich aufrichtete traf sie der Blick des Marquis Couly. Er lächelte sie an, verneigte sich und wandte sich dann der Dame an seiner Seite zu. Rasch sah Clarine zu ihrem Mann, doch der hatte den 'Vorfall' diesmal offenbar nicht bemerkt. Angeregt unterhielt er sich mit Viktor. Überhaupt schien Emmanuel an diesem Abend seine Eifersucht zügeln zu können, denn er beobachtete sie nicht wie sonst in einem fort.

Als der König das Zeichen gegeben hatte, löste sich die Gesellschaft langsam auf. Es bildeten sich kleinere Gruppen. Hier sprach man über Politik, dort wurde der neueste Hofklatsch ausgetauscht. Rechts, auf einer Balustrade, saßen Musiker und spielten eine Bourrée. Auf der anderen Seite des Saales war die Tafel angerichtet.

Die Königin, der König, einige der Hofdamen und Hofkavaliere und ein Gesandter des Kaisers hatten sich bereits gesetzt. Auch Clarine und Emmanuel, Marie und Viktor nahmen auf den Stühlen Platz, die ihnen von einem der Lakaien zugewiesenen wurden - ausgerechnet gegenüber des Marquis de Couly und der Dame Emilie d'Amerval de Picardie! Clarine erschrak, das konnte doch nur eine Katastrophe geben! Doch seltsamerweise blieb ihr Gemahl gelassen. Er unterhielt sich angeregt mit Viktor, nahm kaum Notiz von ihr oder Couly.

Zwischen den Gästen liefen Getränketräger, Speisenträger, Tischjunker und der Mundschenk des Königs hin und her, schenkten Wein und Wasser ein, trugen leere Schüsseln weg und tischten neue Speisen auf. Auch Chicot, der Hofnarr des Königs, mischte sich unter die Gäste. Als er aus dem Ärmel einer Dame ein Collier zauberte, das er zuvor der Königin entwendet hatte, ging ein Raunen ging durch den Saal.

„Diebin, Madame de Epernon ist eine Diebin!", kreischte Chicot. „Was erlaubt sie sich! Nun muss sie zur Strafe drei Nächte ihr Bett mit dem König teilen!"

Alle lachten.

„Die Strafe für Madame de Epernon ist wahrlich hart!", flüsterte Marquis Couly Clarine zu. „Immerhin ist die Herzogin bereits über siebzig, und unser König ist ebenfalls nicht mehr der Jüngste."

Als Clarine lediglich mit dem Hauch eines Lächelns antwortete, meldete sich Madame d'Amerval de Picardie zu Wort. „Auch mir ist ein junger Marquis lieber als ein in die Jahre gekommener König." Sie sah Couly mit kokettem Augenaufschlag an.

„Und wie verhielte sich das bei Euch?", fragte Couly Clarine.

„Ich bin verheiratet Monsieur."

„Nun", er griff nach einer Orange, öffnete sie mit Bedacht, „das ist eine Tatsache aber kein Hindernis."

„Eben!" Madame d'Amerval de Picardie streifte wie aus Versehen die Hand des Marquis.

Längst war man beim Dessert angekommen. Das Orchester hatte noch eine weitere Bourrée, ein Menuett, dann eine Allemande gespielt, und nun kündigte es eine Volta an.

„Tanzt Ihr diese Volta mit mir?", fragte der Marquis, und richtete, noch ehe Clarine antworten konnte, die Frage an Emmanuel: „Ist es erlaubt, Monsieur?"

Clarine hielt den Atem an. Ausgerechnet diesen neumodischen Tanz, bei dem die Tänzerin von ihrem Tänzer immer wieder hochgehoben wurde! Dabei konnten die umstehenden Herren einen Blick auf ihre Fesseln und Unterröcke erhaschen. Schon deshalb rechnete Clarine mit einem heftigen Nein, doch Emmanuel erlaubte es mit großzügiger Geste.

Schon stand Couly auf und verbeugte sich vor ihr. Wie gern hätte sie abgelehnt, doch alle Blicke richteten sich nun auf sie. Und als sie noch immer zögerte, rief gar der König selbst: „Madame, wir sind gespannt!"

Die Musik erklang. Hubert und Clarine verbeugten sich voreinander und reichten sich die Hände. Sie tanzten umeinander herum, hüpften und schwangen die Beine, bis Hubert sie um die Taille nahm, um sie mit Schwung hochzustemmen und sich mit ihr zu drehen. Die Umstehenden raunten. „Skandalös!", hörte Clarine eine ältere Dame sich mokieren.

Sie sah zu ihrem Gatten, der am Rande der Tanzfläche stand. Dass sie mit Hubert in so anrüchiger Weise tanzte, störte ihn offenbar nicht! Er plauderte mit Viktor, tat als ginge ihn das alles gar nichts an. Sie wusste nicht, was plötzlich in ihn gefahren war. Dabei überschüttete er sie ansonsten schon mit Vorwürfen, wenn sie einen anderen Mann nur grüßte.

Ein Gefühl von Zorn machte sich in ihr breit. Hatte sie zu Beginn des Tanzes noch verlegen und hilflos gewirkt, so legte sie plötzlich einen gewissen Eifer an den Tag. Sie wagte es, Hubert de Couly anzulächeln. Sie schmiegte sich an ihn, um ihn gleich wieder von sich zu stoßen. Ein Tanzspiel zwischen Mann und Frau, wie sie es bisher in aller Öffentlichkeit nie gewagt hätte. Wieder hob Hubert sie hoch und drehte sie, setzte sie ab und lächelte.

Als der Tanz vorüber war, war Emmanuel verschwunden. „Verräter!", zischte Clarine von Wut entbrannt.

„Wie bitte?" Couly sah sie irritiert an.

„Verrät Er mir, wo Er das gelernt hat? Ich meine, eine Volta so perfekt zu tanzen!", fragte sie mit Unschuldsmine.

Hubert neigte lächelnd den Kopf. „Wenn Madame mir die Gunst erweisen – eine kleine Plauderei auf den Dächern des Schlosses, dort werde ich es Ihr gerne erzählen. Sagen wir, in einer halben Stunde? Ihr wisst doch, man kann dort oben zwischen all den Türmen und Erkern spazieren und dabei den Mond und die Sterne betrachten. Und", er sah sehr tief in sie hinein, „es entbehrt nicht einer gewissen Romantik."

Sie atmete tief durch. So einfach war das also! Eine Volta tanzen, ein Lächeln, und schon wurde man eingeladen, seinen Gatten zu betrügen. „Vielleicht", entgegnete sie. Dann aber: „Nein – ich weiß nicht. Ich glaube, ich bin müde."

„Selbstverständlich. Wenn Ihr müde seid. Dennoch liegt Euch mein Herz zu Füßen, und meine Träume gehören in dieser Nacht nur Euch ganz allein." Hubert verneigte sich vor ihr. Seine Augen blitzen. Natürlich wusste er, dass das Vielleicht aus dem Mund einer Frau in Wahrheit ein Ja bedeutete und sie kommen würde.

Clarine suchte Marie, fand sie mit ein paar Damen plaudernd am Fenster stehen. Sie winkte ihr zu, gab Zeichen, sie sprechen zu wollen.

„Deine Volta mit dem Marquis hat Aufsehen erregt", sagte Marie mit einem Schmunzeln, als sie sich mit

Clarine in eine ruhige Ecke verzogen hatte. „Die Damen reden über nichts anderes!"

„Ich hätte sie lieber nicht getanzt! Aber Emmanuel hat dem Marquis sein Einverständnis gegeben. Ich verstehe das nicht! Er ist so seltsam heute. Sonst platzt er doch vor Eifersucht! Wo ist er überhaupt?"

„Ich habe ihn mit Viktor in den Billardsaal gehen gesehen. Sie waren in ein Gespräch vertieft."

„Ach!" Clarine kaute auf ihrer Wut. „Erst treibt er mich in die Arme dieses Verführers, dann geht er Billard spielen?"

„Ich muss zugeben, ich finde sein Verhalten ebenfalls seltsam", sagte Marie. „Und wie bist du mit dem schönen Marquis verblieben?"

„Er erwartet mich auf dem Dach, hat mich zu einem Mondspaziergang eingeladen."

„Ach, sieh an! Wirst du die Einladung annehmen?"

„Gute Lust hätte ich, mich in solcher Weise an meinem Herrn Gatten zu rächen."

Marie lachte. „Wie heißt es doch so schön: Rache kann süß sein! Umso süßer bei einem Tête-à-Tête mit Hubert de Couly. Er mag ein wenig einfältig sein, aber als Liebhaber genießt er den besten Ruf. Nimmst du seine Einladung an?“

Clarine sah eine Weile durch die Freundin hindurch, so als könne sie hinter ihr erkennen, welche Konsequenzen ihr Handeln nach sich ziehen würde. Schließlich nickte sie. „Stärkst du mir den Rücken?“

„Natürlich! Du warst bei mir. Dir war übel – die Frauenkrankheit.“

„Nun gut!“ Clarine atmete tief durch, dann machte sie kehrt und ging zur Wendeltreppe, die auf die Dächer des Schlosses führte.

Am Fuß der Treppe blieb sie kurz stehen, sah sich um. Von Emmanuel war nichts zu sehen. Nur vier junge Frauen standen ein wenig abseits, lachten und tuschelten hinter vorgehaltenen Fächern. Noch ein Schritt, und sie war auf der Treppe. Schon ging es nach oben, einem Abenteuer entgegen, von dem sie nie geglaubt hätte, dass sie es wagen würde!

Nur ein paar Sekunden nach ihr erschien auch der schöne Marquis. Ein wenig verspätet, weil die Marquise d'Ameral de Picardie ihn aufgehalten hatte. Er kam von der anderen Seite, deshalb musste er direkt an den vier Damen vorbei. Er hoffte, sie würden ihn nicht sehen, aber leider entdeckten sie ihn. „Ah, Marquis de Couly – was treibt Euch hier her?" Sie stellten sich ihm in den Weg, übertrumpften sich gegenseitig mit kecken Blicken und machten ihm Avancen.

Couly konnte den Damen natürlich nicht verraten, was ihn 'hertrieb'. Wüssten sie, dass er zu einem Rendezvous unterwegs war, würden sie ihm aufs Dach folgen. Im Stillen verfluchte er sie, aber nach außen hin gab er sich geschmeichelt. „Ich suche einen Freund", behauptete er.

„Und statt ihn habt Ihr uns gefunden!" Sie lachten. „Welch ein Glück für Euch und für uns!"

„Ein Glück, ja sicher. Aber ..."

„Kein Aber!", fielen sie ihm ins Wort. „Was wollt ihr von einem Mann, wenn Ihr mit Eurer Gegenwart vier Frauen glücklich machen könnt."

Kaum gesagt, schlang eine der Damen ein Tuch um seine Augen und band es an seinem Hinterkopf zu. Eine andere drehte ihn und sagte: „Fangt uns und erratet, welche von uns Ihr in den Armen haltet. Wer weiß, vielleicht belohnt sie Euch mit einem Kuss!"

„Aber nein …"

„Aber doch!", fielen sie ihm schon wieder ins Wort. „Oder wollt Ihr uns beleidigen?"

„Nichts liegt mir ferner."

„Also, los schon!", sie lachten.

Couly spielte mit, was blieb ihm anderes übrig. Er fasste eine der Damen, tastete ihre Schultern ab, die Haare. „Das ist die Marquise de Sévigné."

„Ach, nein! Ich bin Madame Angoulême." Bedauern klang mit, sie hätte ihn wohl nur zu gern geküsst.

Wieder wurde er gedreht, tapste herum, bis er eine der Damen am Arm erwischte. Er tastete sie ab. „Madame de Cremaile!"

„Wieder falsch – leider.“

Noch einmal das Spiel. „Madame de Chevreuse?“

„Richtig!“ Sie zog ihm die Augenbinde ab und küsste ihn.

„Aber jetzt“, er schob sie von sich, „muss ich leider gehen. Mein Freund, ich habe eine wichtige Nachricht für ihn.“ Mit einer Verbeugung zog er sich zurück.

Clarine stand ein wenig abseits in einer dunklen Ecke. Dass Hubert de Couly nicht bereits vor ihr da gewesen war, verletzte sie. Und nun ließ er sie auch noch warten! Verhielt man sich so einer Dame gegenüber? Je länger sie allein hier oben in einer dunklen Ecke stand, desto zorniger wurde sie. Bildete er sich etwa ein, so unwiderstehlich zu sein, dass sie ihm das verzeihen würde? Sie dachte nicht daran! So entschlossen sie zuvor heraufgegangen war trat sie plötzlich aus dem Schatten, ging mit langen, wütenden Schritten zur Treppe und wieder hinunter.

Als sie unten ankam, wurde sie von Marie empfangen, die ganz außer Atem war. „Zum Glück, da bist du!"

Erstaunt sah Clarine ihre Kusine und Freundin an. „Was ist passiert?"

„Eine Falle!" Sie zog Clarine hinter die Treppe. „Zufällig sah ich Emmanuel und Viktor am Vestibül. Ich ging zu ihnen, sie bemerkten nicht, dass ich komme. Und gerade als ich sie ansprechen wollte, hörte ich Emmanuel sagen, dass inzwischen wohl die Würfel gefallen seien und er jetzt aufs Dach ginge, um sich ein für alle Mal Gewissheit zu verschaffen, ob du treu und loyal bist oder nicht."

„Du meinst … er hat Couly beauftragt …" Die Worte blieben ihr im Halse stecken.

Marie nickte und erzählte weiter. „Ich bin ihm gefolgt, sah wie er nach oben ging. Ich war verzweifelt, wusste nicht, was ich tun konnte, um das Schlimmste zu verhindern. Doch als ich noch überlegte, kamst du zum Glück herunter!"

Clarine runzelte die Stirn. „Aber ich bin ihm auf der Treppe nicht begegnet."

„Deshalb nennt man sie ja Zaubertreppe. Niemand versteht so recht, wie es funktionieren kann. Aber der eine geht hinauf, der andere hinunter, und sie treffen sich nicht!"

Clarine schloss die Augen, dabei murmelte sie: „Zum Glück! Mein Dank an da Vinci. Jetzt verstehe ich auch, wie es sein konnte, dass Emmanuel mich diese Volta tanzen ließ. Ein abgekartetes Spiel!"

„Und nun?", fragte Marie.

„Zuallererst müssen wir hier weg. Es wird wohl nicht lang dauern, und Emmanuel kommt wieder herunter. Besser, er sieht mich hier nicht. Und dann überlegen wir, wie ich ihn bestrafen kann."

Als Emmanuel das Dach betrat, kam ihm Hubert entgegen. „Monsieur." Die Männer verneigten sich kurz.

„Und, was hat er mir zu berichten?", fragte Emmanuel.

Marquis de Couly hob die Schultern und ließ sie wieder fallen. „Eure Gattin, Marquis, ist nicht gekommen. Sie ist Euch wohl treu ergeben!"

Überrascht runzelte Emmanuel die Stirn. „Sie ist nicht erschienen?" Er forschte in Huberts Gesicht, als wüsste er nicht so recht, ob er ihm glauben sollte. Doch alles, was er der Mimik des Mannes entnehmen konnte, war Ratlosigkeit. „Es scheint Euch zu erstaunen?", fragte er deshalb.

„Ja, das tut es. Bei aller Bescheidenheit, noch nie hat mir eine Frau einen Korb gegeben."

„Wirklich noch nie?"

Hubert nickte, dabei seufzte er.

„Dann, Marquis de Couly, war dieses kleine Experiment eine Lehre für uns beide."

„Eine Lehre, die Euch weniger schmerzen dürfte als mich", murmelte Hubert.

„Ihr sagt es!" Vergnügt drückte Emmanuel ihm einen Beutel mit Münzen in die Hand, dann machte er sich auf, seine Frau zu suchen.

Er fand sie in den Räumen, die sie bezogen hatten. Marie war bei ihr, sie öffnete ihm.

„Da seid Ihr ja, meine Teure, ich habe Euch gesucht!" Er breitete er die Arme aus und ging auf Clarine zu.

„Ach! Habt Ihr das!" Clarine stieß ihn von sich. „Ich wünschte, Ihr hättet mich nicht gefunden!"

„Aber …" Entsetzt sah er sie an. „Was habe ich Euch getan?"

„Ihr habt diesem Schönling Couly gestattet, mit mir eine Volta zu tanzen! Damit habt Ihr mich zum Gespött der ganzen Gesellschaft gemacht! Und das, obwohl Euch doch ansonsten schon ein freundlicher Gruß wie ein Verrat an unserer Ehe erscheint."

„Es tut mir leid." Er griff nach ihrer Hand, doch sie entriss sie ihm. „Ich hatte geglaubt, Ihr möchtet mit ihm tanzen", entschuldigte er sich weiter. „Ich wollte Eurem Glück nicht wieder wie ein eifersüchtiger Gockel im Wege stehen."

„Das eine Mal so, das andere Mal so. Und immer schlägt dabei das Pendel in ein Extrem aus." Mit wutblitzenden Augen sah sie ihn an. „Könnt Ihr nicht einfach nur sein, wie ein Ehegatte, der seiner Gattin vertraut, sie liebt, achtet und ehrt?"

„Aber all das tu ich doch!"

„Ihr tut es nur, wenn es Euch gerade in den Kram passt. Ihr habt mich gekränkt! Mit Eurer Eifersucht ebenso wie mit dieser Eskapade von heute. Eine Volta mit diesem … diesem Verführer! Ich werde …" Sie griff nach ihrem Taschentuch, das sie im Ärmel versteckt hatte, zog es heraus und tupfte sich die aufsteigenden Tränen aus den Augen. „Ich werde Euch verlassen und mich in ein Kloster zurückziehen."

„O Gott, nein!" Er fasste sie an den Schultern. „Das könnt Ihr doch nicht tun! Ihr in ein Kloster! Und ich … ich würde sterben, wenn ich Euch verlöre!" Er kniete vor ihr nieder, nahm ihre Hand noch einmal. Sie ließ sie ihm, wandte sich aber ab. „Sagt mir, was kann ich tun, um Euch zu versöhnen?"

„Nichts. Mein Entschluss steht fest."

„Bitte!" Er presste seine heiße Stirn gegen ihren Handrücken.

Nun trat Marie an ihre Seite. „Ach, liebe Freundin … ich bitte Euch ebenfalls, überdenkt Euren Entschluss noch einmal. Sie sah Emmanuel an. „Steht auf, schaut mir in die Augen."

Er tat es.

„Unser Leben ist das Produkt unserer Gedanken, das hat ein kluger Mann einmal gesagt. Eure Eifersucht liegt also ganz allein bei Euch, nicht am Verhalten Clarines. Könnt Ihr als Ehrenmann versprechen, sie nicht mehr mit Eurer Eifersucht zu quälen?"

„Ja. Ich habe verstanden, ich verspreche es!"

„Dann", sie sah Clarine an, „hättet Ihr doch einen guten Grund, es noch einmal mit Eurem Gatten zu versuchen. Ich erinnere mich, dass Ihr mir gegenüber Eure Liebe zu ihm gestanden habt. Ihr … du sagtest zu mir, du hättest keinen bessern Mann bekommen können, wäre nur diese unsinnige Eifersucht nicht!"

Clarine nickte. „Das stimmt. Das sagte ich, und ich

meinte es auch so."

„Also." Marie hielt die Hände der beiden in ihren Händen und legte sie übereinander. „Vergebt Euch und lebt Eure Liebe."

Emmanuel zog Clarine an sich. Diesmal ließ sie es geschehen. Und als sie hörte, dass die Tür leise ins Schloss fiel und sah, dass sie allein waren, verweigerte sie ihm auch den Versöhnungskuss nicht.

# Krieg und Liebe - für immer treu

Für die Jahreszeit war es sehr kalt, das Altwasser der Eider immer noch gefroren. Doch nicht kalt genug, um sicher gehen zu können, dass die Eisdecke dem Gewicht einer Kanone standhalten würde. Bjarne schauderte es bei dem Gedanken, es könnte brechen und er im Wasser versinken.

„Los jetzt!", schrie Johansen von hinten. „Oder bist du ein jämmerlicher Feigling!"

Sie waren vier Mann, ein kleiner Trupp Übriggebliebener. Johansen war ein Rüpel und Haudegen, nicht gerade mit Klugheit gesegnet. Doch von ihnen war er der ranghöchste, und Bjarne war Soldat und musste Johansens Befehl gehorchen.

Er biss die Zähne zusammen, ging voraus. Die Kanone hinter ihm. Er zog, die anderen schoben. Vier Schritte nur, dann ein gräuliches, pfeifendes Krache und keinen Herzschlag später war geschehen, was er vorausgeahnt hatte.

Dem Schreck folgte ein Schmerz, der Bjarne das Hirn aus dem Schädel zu reißen drohte. Kurz wurde es schwarz um ihn hin, doch eine innere Stimme riss ihn zurück ins Bewusstsein: „Nicht ohnmächtig werden! Dem Tod nicht die Hand reichen! Bleib wach!"

Das Wasser war nicht tief, aber morastig. Sein Fuß steckte im Schlamm fest. Darauf der Radreifen der Kanone. Bjarne wusste nicht, ob dieser messerscharfe Schmerz von einer Verletzung oder der Kälte kam. Er schrie, er konnte nicht anders.

„Halts Maul, verdammt", fauchte Johansen, „oder willst du uns ins Verderben schicken!"

Fluchend zogen und zerrten er und die anderen an der Kanone.

Plötzlich hörten sie Schüsse aus dem Wald.

„Die Preußen, verdammt!"

„Wir müssen abhauen!", rief einer von ihnen.

„Und Bjarne?", fragte ein anderer.

„Lasst ihn, der kann sowieso nicht mehr laufen!", zischte Johansen.

„Ja, aber …"

„Meinetwegen bleib und lass dir den Bauch aufschlitzen!" Johansen rannte los, die anderen folgten ihm und überließen Bjarne seinem Schicksal.

„So helft mir doch!", schrie er ihnen nach. Fluchend zog und zerrte er an seinem Fuß. „Kameradenschweine sei ihr! Verdammte Schweine!"

Gerade als er das Gefühl hatte, die Kanone bewegte sich etwas, tauchten Gesichter über ihm auf. Sechs Mann, blond, groß, Schnauzbärte allemal.

Sie lachten. „Hat's ihn wohl erwischt, den Dänen. Scheißkerl!" Der Preuße legte sein Bajonett an, wollte schießen, doch einer seiner Kameraden hielt ihn davon ab: „Warum willst du dem Schwein den Gnadenschuss geben? Schade um die Munition! Der verreckt sowieso von der Kälte. Los, den anderen nach! Die schnappen wir uns!"

„Hast recht!" Der mit dem Bajonett lachte und

spuckte Bjarne an. „Viel Spaß in der Hölle du Bastard!“ Damit verschwanden sie.

Bjarne zerrte und zog wieder an seinem Fuß, stemmte sich mit aller Kraft gegen den Morast, bis auf einmal die Kanone zur Seite sackte und er nach hinten fiel. Prustend tauchte er aus dem Wasser auf, schnappte nach Luft und quälte sich ans gegenüberliegende Ufer. Dort blieb er ein paar Sekunden liegen. Erschöpft starrte er seinen Stiefel an. Eine dicke Scharte zierte das Leder, der Fuß tat höllisch weh. Doch viel Zeit sich auszuruhen, nahm er sich nicht. Besser er verschwand, denn die Preußen würden bald zurückkommen, um sich die Kanone zu holen. Außerdem musste er aus dem Stiefel, bevor sein Fuß so sehr anschwoll, dass er ihn nicht mehr ausziehen konnte.

Etwa fünfhundert Schritt Flussaufwärts sah er ein Bootshaus am Ufer, weiter ins Land hinein einen Hof. Es war gefährlich, im Bootshaus Unterschlupf zu suchen, jeden Moment konnte einer der Bauern dort auftauchen. Aber was blieb ihm anderes übrig?

Mehr kroch er, als zu gehen, strauchelte, fiel und

blieb hustend liegen. Als er sich wieder aufraffen wollte, sah er zwei schwarze Schuhe vor sich, an Beinen, die in dicken, blauen Strümpfen steckten. Und darüber einen Rock aus dunklem Wollstoff. ‚Das ist mein Ende‘, dachte er bei sich. ‚Sie ist eins von den Bauernweibern, die wird die Soldaten auf mich hetzen‘.

Er drehte sich auf den Rücken und setzte sich auf. Sein Blick wanderte an dem Weib nach oben und verfing sich in zwei blauen Augen, die ihn zu fesseln schienen. „Was machst du hier? Wo sind die anderen? Wollt ihr uns ausplündern?"

Bjarne war überzeugt, dass sein letztes Stündlein geschlagen hatte. Es war wohl Galgenhumor, der ihn mit einer Gegenfrage antworten ließ: „Was möchten Madame als erstes wissen?"

„Können der Herr sich selbst aussuchen", antwortete sie im selben überheblichen Ton.

„Nun, ich schleppe mich gerade in das Bootshaus dort drüben, damit ich ein Dach über dem Kopf habe, wenn ich schon erfrieren muss. Und die anderen - damit meinst du wohl meine Kameraden? Die meisten sind tot. Der klägliche Rest hat sich aus dem Staub gemacht, als eure Soldaten uns überraschten. Mich haben sie zurückgelassen wie ein Stück Vieh. Und nein, ausplündern will ich euch nicht. Ein Kanten Brot und eine warme Decke würden mir schon reichen, Madame."

Vielleicht täuschte sich Bjarne, als er meinte, den Hauch eines Lächelns auf ihrem Gesicht gesehen zu haben. Ein hübsches Gesicht übrigens. Und dem Gewand nach zu urteilen, das die Dirn trug, nagte sie wohl trotz des Krieges nicht gerade am Hungertuch. „Dir ist klar", sagte sie, „dass ich jetzt meine Leute hohlen muss?"

„Ja. Tu was du nicht lassen kannst."

„Du flehst nicht um dein Leben?" Erstaunt hob sie die Augenbrauen. „Mein Bruder sagt: Die Dänen sind alle feige Hunde!"

„So, sagt das dein Bruder. Einige schon, da hat er recht. Meine Kameraden zum Beispiel. Aber nicht alle. Wird bei euch wohl nicht anders sein. Oder glaubst du wirklich, eure Leute sind alles Helden? So wie dein Bruder vermutlich?"

„Der?" Die Dirn lachte. „Gewiss nicht!" Dann atmete sie tief durch und sah sich um. „Wenn ich du wäre, würde ich mich dort in der kleinen Scheune verstecken. Im Bootshaus ist es nass und kalt. In der Scheune hat man Heu und Stroh, um sich zu wärmen. Um diese Jahreszeit kommt da keiner hin. Erst wenn das Heu auf dem Hof ausgeht, holen wir was von dort." Sie verschränkte die Arme. „In vier oder fünf Wochen vielleicht."

„Ach." Er machte große Augen. „Heißt das, du wirst mich nicht an deine Leute verraten?"

„Wen oder was sollte ich verraten? Ich habe doch keinen gesehen!", sagte sie. Damit ging sie davon.

Er wusste nicht, ob er dem Weib vertrauen konnte. Andererseits hatte er nur eine Chance zu überleben, wenn er Unterschlupf fand. Er sah zur Scheune hinüber. Eine kleine, windschiefe Hütte, kaum weiter entfernt als das Bootshaus. Aber sie lag im offenen

Land. Bjarnes Blick ging zum Himmel. Bald würde Dunkelheit ihm Deckung gewähren. Doch seine Uniform war nass. Bis zur Dämmerung konnte er hier nicht abwarten, oder er würde erfrieren. „Also los!", machte er sich Mut und rappelte sich auf. Der Fuß schmerzte höllisch. Er biss die Zähne zusammen, schließlich ging es um sein Leben.

Als Merle in die Stube trat, sah ihre Mutter sie streng an. „Wo warst du denn so lang?"

„Ach, du kennst doch die Muhme. Die kann nicht aufhören zu reden. Sie hat sich sehr über den Kuchen gefreut und lässt dich grüßen."

„Und wie geht es ihrem Arm?"

„Sie kann halt nichts richtig anpacken und nicht schwer tragen. Ist wohl besser, ich schau jeden Tag einmal nach ihr, damit ich ihr zur Hand gehen kann."

Die Mutter seufzte. Es war ihr gar nicht recht, dass ihre Tochter in diesen Zeiten allein unterwegs war. Das ganze Soldatengesocks und so ein junges Mädchen ohne Begleitung! Da war den Preußen so wenig zu trauen wie den Dänen!

Merle ahnte, was im Kopf ihrer Mutter vor sich ging. Sie umarmte sie und lachte. „Geh, mach dir keine Sorgen! Ich nehme ein Messer mit. Ich weiß mich schon zu wehren."

Wieder seufzte ihre Mutter. Woher Merle das wohl hatte? Diesen Mut, diese Kraft! Und immer mit dem Kopf durch die Wand. Sie wünschte, Fiete wäre wie das Mädchen. Aber der war nur falsch und verschlagen, mit Mut hatte das nichts zu tun. Sie dachte nicht gern so über ihren Sohn, aber es war nun mal die Wahrheit. Sein Vater hatte ihn zu sehr verwöhnt, nachdem drei seiner Brüder früh gestorben und ihr Ältester im letzten Krieg gefallen war.

„Am besten, ich gehe immer morgens zu ihr", sagte Merle. „Dann bin ich rechtzeitig zurück, um dir beim Kochen zu helfen. Und den Stall können der Vater und Fiete auch ohne mich machen."

Als Merle die Scheune betrat dachte sie im ersten Moment, der Däne sei nicht da. Aber dann sah sie einen Zipfel seiner Uniformjacke aus dem Heu spitzen und lachte. „Besonders gut bist du nicht darin, dich zu Verstecken."

Sein Kopf tauchte hinter einem Heuhaufen auf. „Du hast gesagt, keiner kommt her, also habe ich mir auch keine Mühe gegeben. Außerdem habe ich mich erkältet." Er hustete wie zum Beweis. „Wenn einer kommt bin ich eh verloren."

Merle zog einen Kanten Brot und zwei gekochte Kartoffeln aus dem Korb, den sie bei sich trug, und gab ihm beides. Dazu reichte sie ihm eine Flasche dünnes Bier. „Mehr konnte ich nicht abzweigen", sagte sie.

„Das ist mehr, als ich mir in meinen kühnsten Träumen erhofft hätte."

„Du hast dir also etwas erhofft?", fragte sie keck.

„Nein, gar nichts. Ich dachte, ich seh' dich nie wieder."

„So kann man sich täuschen. Ich lass dich hier nicht verrecken." Sie streifte sich das Wolltuch von den Schultern, darunter kam eine alte Decke zum Vorschein, die gab sie ihm. „Genaugenommen muss ich euch Dänen dankbar ja sein", sagte sie dabei.

„Wieso das denn?", wunderte er sich und hustete wieder.

„Ihr habt meinen Verlobten erschossen - zeig mir mal deinen Fuß."

Jetzt war er es, der lachte. „Besonders gern hast du ihn ja offensichtlich nicht gehabt, deinen Verlobten." Mit schmerzverzogenem Gesicht zog er sein Bein aus dem Heu und streckte es ihr entgegen.

„Sie wollten mich an ihn verschachern wie eine alten Gaul. Weil seine Leute einen großen Hof haben. Noch größer als der unsere ist. Aber er war ein Trunkenbold und Tunichtgut. Hat sich über seine Mägde hergemacht, und als eine von ihnen schwanger war, hat er sie vom Hof gejagt. Sie hat es mir erzählt, bevor sie sich erhängte. Sie war erst vierzehn Jahre alt." Merle beugte sich über seinen Fuß und bewegte ihn nach links und rechts. Bjarne schrie vor Schmerzen auf.

„Schaut nicht gut aus, aber gebrochen ist das nicht", befand Merle. „Wird trotzdem lang weh tun. Ich bring dir morgen Salbe mit. Da heilt der Bluterguss schneller ab. Und einen Kräutersud gegen deinen Husten bekommst du auch."

„Du scheinst ein Engel zu sein, den Gott mir geschickt hat!" Dankbar sah er sie an.

„Vielleicht bin ich ja auch der Teufel", hielt sie entgegen.

„Na ja …" Er lachte. „Wenn so der Teufel aussieht, hab ich nichts gegen die Hölle!"

Als Antwort zog sie an seinem Fuß, und er schrie wieder auf.

Am nächsten Morgen brachte sie Brot und Nüsse mit. Die Salbe hatte sie heimlich abzweigen können. Was den Sud betraf hatte sie behauptet, die Muhme hätte Husten. Außerdem packte sie warme Socken und ein Wollhemd aus, das von ihrem ältesten Bruder stammte, der im Krieg geblieben war.

„Zieh deine Jacke aus", befahl sie. Sie griff danach und befand: „Kein Wunder, dass du hustest. Die ist ja immer noch feucht!"

Er wollte sich in die Decke wickeln, doch sie zog sie ihm weg. „Leg dich hin." Merle nahm einen Schübel Heu, kniete sich neben ihn und fing an, ihn zu reiben.

Bjarne grinste. „Da ist man doch gern krank, wenn man so eine Behandlung erhält."

„Soll ich dich wieder am Fuß ziehen?", fragte sie mit gespieltem Ärger.

„O, nein, Gott bewahre!" Er verdrehte die Augen. „Du scheinst ja doch der Teufel zu sein!"

Sie lachten beide.

Als ihm warm war, gab sie ihm das Hemd, damit er es überzog und sich anschließend in die Decke wickelte. Sie rieb noch seinen Fuß ein, zog ihm die Strümpfe über und wollte aufstehen, um zu gehen.

Bjarne griff nach ihrer Hand, hielt sie fest. „Warum tust du das für mich?"

Sie sah ihn lang an. „Mein ältester Bruder, der von dem das Hemd und die Strümpfe sind, ist 1851 gefallen. Einer seiner Kameraden hat uns erzählt, wie jämmerlich er sterben musste. Ich wünschte, dass sich auch um ihn jemand gekümmert hätte, so wie ich um dich. Ich habe ihn sehr gern gehabt. Mehr als meine anderen Geschwister und mehr als meinen Vater, für den ich nur ein nichtsnutziges Mädchen bin, das er irgendwann an den Meistbietenden verschachern würde." Sie legte sich ihr Tuch um die Schultern. „Die Könige und Fürsten streiten sich um unsere Lande", sagte sie, „und ihr Männer müsst für sie als Kanonenfutter herhalten. Wolltest du diesen Krieg?"

„Ganz gewiss nicht." Bjarne schüttelte den Kopf. „Ich bin nicht freiwillig Soldat geworden, wurde zwangsrekrutiert. Ich habe bei einem Kunstschmied das Handwerk gelernt. Wir haben Fenstergitter, Tore, Geländer gefertigt. Manchmal auch Leuchter oder Kerzenständer. Mein Meister war zufrieden mit mir, ich hatte Aussicht auf ein gutes Leben."

„Und gibt es eine Frau, der du treu sein musst?", fragte Merle wie nebenbei.

„Die Tochter meines Meisters hätte mich gewollt, aber dann ist sie am Wundstarrkrampf gestorben.

Und eine Familie habe ich auch nicht mehr. Die Eltern und meine kleine Schwester hat das Frieselfieber dahingerafft. Und meine Brüder sind wie deiner im Krieg geblieben."

Merle nickte. „Sag ich ja. Der Krieg ist noch schlimmer als die schlimmste Krankheit!" Merle nahm ihren Korb und ging.

Ein paar Tage später bat Bjarne sie um ein Stück weiches Holz. „So groß etwa", er zeigte ihr eine Handspanne.

„Darf's sonst noch etwas sein?", frotzelte sie in ihrer gespielt ärgerlichen Art.

„Ja!" Er griff nach ihrer Hand und zog sie an sich. „Einen Kuss hätte ich gerne!"

Merle stieß ihn weg. „Was denkst du denn von mir!" Ihre Augen funkelten.

„Dass ich dich gern hab, wie man ein Weib gernhat, das man für immer bei sich haben will. Und dass ich dir ein gutes Leben bieten könnte, wenn dieser verdammte Krieg nicht wäre!"

Sie öffnete den Mund und schloss ihn wieder. Ohne etwas gesagt zu haben entzog sie ihm ihre Hand und ging.

Am Tag darauf gab sie Bjarne das Holz. „Und was machst du jetzt damit?"

„Das wirst du schon noch sehen!" Er lachte. „Und was ist mit dem Kuss?"

„Den kannst du dir ans Bein schmieren!" Sie ging. Doch als sie am Tor war hielt sie inne, drehte sich um und warf ihm lachend einen Handkuss zu. „Das muss dir für heute genügen."

Als sie am folgenden Tag kam, hielt er ihr ein kleines, geschnitztes Pferd hin. „Das habe ich für dich aus dem Holz gemacht. Du hast Mut und Kraft wie ein Pferd, und du bist schön und edel wie ein Pferd. Es soll dich an mich erinnern, wenn du zu Haus in deiner Kammer bist."

Merle drehte es in ihrer Hand wie ein kostbares Juwel. Als sie aufsah hatte sie Tränen in den Augen. „So etwas Schönes hat mir noch nie jemand geschenkt!"

„Das ist schade. Wenn ich könnte, ich würde dir noch viel Schöneres schenken! Gold und schöne Kleider und alles, was du dir wünscht!"

Sie schüttelte den Kopf. „Gold brauch ich nicht, das da ist viel schöner." Sie schob das Pferd in ihre Rocktasche, nahm Bjarnes Hände und stellte sich so nah zu ihm, dass er sie küssen konnte. Er roch nach Heu, seine Lippen waren warm und weich und sehr zärtlich, seine Zunge spielte mit ihrer. Es war ihr erster richtiger Kuss, ein seltsam schönes Gefühl. Langsam entspannte sie sich, legte ihre Arme um seinen Hals. Er drückte sie fest an sich, und sie wünschte, dass dieser Moment ewig dauern sollte.

Die Mutter forschte in Merles Gesicht. Ihr Blick blieb an ihren geröteten Wangen und dem Glanz in ihren Augen hängen. „Wird es denn gar nicht besser mit deiner Patin?", fragte sie. „Du gehst jetzt schon bald vier Wochen zu ihr. Der Vater und Fiete beschweren sich, weil sie die ganze Arbeit im Stall allein machen müssen."

„Sie beschweren sich? Noch müssen sie nicht aufs Feld. Das bisschen Arbeit mit dem Vieh können sie auch ohne mich schaffen. Die Muhme hingegen ist allein und alt. Sie freut sich, wenn sie mich sieht. Dass ich mich um sie kümmere, tut ihr gut und ist meine Pflicht als ihr Patenkind."

„Dass du vielleicht gar nicht zur Muhme gehst", hat Fiete gemeint.

Gerade da trat ihr Bruder in die Stube. Merle drehte sich zu ihm um. „So! Meint er das!" Sie stützte beide Hände in die Hüften und funkelte ihn böse an. „Und was meint er dann, wohin ich gehe?"

„Dass du vielleicht einen hast, von dem wir nichts wissen – das meine ich!", entgegnete er mit kaltem Blick.

„Was das betrifft, kann ich dich beruhigen. Ein Mannsbild, für das ich mich interessieren könnte, gibt es hier schon lang nicht mehr. Die sterben im Krieg weg wie die Fliegen. Und auf so einen wie dich kann ich gerne pfeifen!"

„Warum müsst ihr immerzu streiten?", brummte die Mutter.

„Fiete hat angefangen, frag ihn." Damit ging Merle.

Als sie sich am nächsten Morgen auf den Weg machte, sah sie alle paar Schritte über die Schulter zurück, ob Fiete ihr folgte. Sie entdeckte ihn nirgends, aber vielleicht sah er ihr aus dem Fenster nach, und das weite Land bot wenig Deckung. Deshalb beschloss Merle, erst auf dem Heimweg bei Bjarne vorbeizuschauen.

Kurz blieb sie an der Scheune stehen und rief hinein. Er kam zum Tor, wollte sie an sich ziehen und küssen, doch sie entzog sich ihm. „Ich kann jetzt nicht. Ich komme später zu dir. Bleib unbedingt drin, es wird langsam gefährlich."

Bei der Muhme packte sie den Kuchen aus, den sie ihr mitgebracht hatte, und schob ihn ihr über den Tisch. Die alte Frau bedankte sich herzlich, dabei sah sie ihr Patenkind forschend an. „Sag, brauchen die dich zu Hause nicht? Mir geht es wieder besser, und der Weg hier her ist nicht ungefährlich. Am anderen Eider-Ufer hört man schon wieder Kanonenschüsse und Geschrei. Meinetwegen musst du nicht mehr kommen."

Merle erschrak bei diesen Worten. Gestern das Misstrauen ihrer Mutter und ihres Bruders, jetzt auch noch die Muhme! In ihrem Kopf ratterten die Gedanken, sie suchte nach einer Ausrede: „Es ist Fiete", sagte sie schließlich. „Er macht mir das Leben schwer. Und der Vater ist kein bisschen besser. Immerzu Streit, kein Lachen mehr bei uns zu Hause. Da komme ich gern zu dir, und sei es nur für eine halbe Stunde. Der Weg hier her und bei dir sein, darauf freue ich mich jeden Tag."

Die Muhme nickte. Sie wusste ja, dass die beiden Geschwister sich nicht verstanden. Und wenn sie ehrlich war, auch sie mochte Fiete nicht. „Na gut, du muss es selbst wissen", sagte sie. „Nur möchte ich nicht, dass du meinetwegen dein Leben riskierst." Die alte Frau öffnete die Truhe unter ihrem Fenster, nahm ein Kästchen heraus. Es hatte einen verschließbaren Deckel, der mit Blumen und Laub bemalt war. „Das wollte ich dir schon lang geben. Es ist an der Zeit jetzt."

„Was ist da drin?", wunderte sich Merle.

„Drei von fünf Goldmünzen, die ich zur Hochzeit bekam. Notgeld für schlechte Zeiten. Ich habe nur zwei benötigt und diese für dich aufbewahrt. Ich wollte sie dir zur Hochzeit schenken. Doch wie es aussieht, werde ich es nicht mehr erleben, mein liebes Patenkind als Braut zu sehen. Also verstecke die Münzen bei dir und bewahre sie für einen Notfall.“

„Das kann ich doch nicht annehmen“, sagte Merle mit Tränen in den Augen. „Und bestimmt lebst du noch lang!“

Die alte Patentante verriet dem Mädchen nichts von den Schmerzen in ihrem Unterleib, die sie seit Monaten plagten. Stattdessen griff sie nach Merles Hand und drückte sie. „Es kommt, wie es kommen muss. Ich habe keine eigenen Kinder mehr, die Münzen sind für dich. Also nimm sie und versteck sie gut! Am besten nähst du sie in deinen Rocksaum ein, so hast du sie immer bei dir.“

Auf dem Heimweg hatte Merle ein seltsames Gefühl. Als ob ihr jemand folgte. Sie drehte sich um und sah gerade noch einen blonden Schopf hinter einem Busch verschwinden. Das war Fiete, ohne Zweifel!

Sie ging weiter, ließ sich nicht anmerken, dass sie ihn entdeckt hatte. Als sie zur Scheune kam pochte ihr Herz zum Zerspringen. Wenn nur Bjarne nicht plötzlich heraustrat, weil er sie durch die Ritzen blickend kommen sah! Weil er nichts Böses ahnte und sich schon auf sie freute! Schnell und mit gesenktem Kopf ging sie vorbei, sprang über den kleinen Bach, in dem Bjarne sich bei Dunkelheit wusch, und nahm den Feldweg zu ihrem Hof. Als sie dort angekommen war ging sie als erstes in ihre Kammer, um das Kästchen und die Sachen, die sie eigentlich zu Bjarne bringen wollte, zu verstecken. Dann hinunter in die Stube, wo ihre Mutter dabei war, Kartoffel zu schälen, aus denen sie für den Mittagstisch Reibekuchen mit Apfelmus zubereiten würden.

„Soll dich schön grüßen", sagte Merle, während sie sich die Arbeitsschürze umband.

„Ja, danke. Kannst Eier aus dem Hühnerstall holen, dann die Zwiebeln schälen", entgegnete ihre Mutter, ohne von ihrer Arbeit aufzusehen. „Und bring eine Tasse Haferflocken aus der Vorratskammer mit."

Als Merle mit allem zurückkam, stand Fiete in der

Stube. Sie deutete auf seine Hosen, die vom Schlamm
bespritzt waren. „Bist wohl an der Eider gewesen?",
fragte sie harmlos.

Er wich ihrem Blick aus, eine Antwort blieb er schuldig. „Nach dem Essen", sagte er stattdessen zur Mutter, „bring ich den Rappen zum Schmied. In ein paar
Tagen will der Vater mit dem Eggen anfangen."

Die Mutter sah kurz auf. „Der Vater will eggen, und
drüben schießen sie mit ihren Kanonen?"

„Das Schießen ist bestimmt einen halben Tagesritt
weit weg und zudem auf der anderen Uferseite. Der
Vater meint, das Wetter wird bald umschlagen, er
riecht den Frühling. Und wir haben noch Saatgut. Er
will's riskieren."

„Hm", machte sie Mutter.

„Und du", wandte er sich an seine Schwester, „sollst
nicht länger zur Muhme gehen."

„Meint der Vater?" Sie sah ihn aufmüpfig an.

„Wir brauchen dich hier. Wenn wir auf dem Feld sind,

musst du das Vieh versorgen."

„Meinetwegen. Aber morgen gehe ich noch zur Muhme. Ich soll ihr den Strohsack frisch füllen. Und ich nehme ihr ein paar von den Reibekuchen mit. Sie sieht nicht gut aus, sie muss mehr essen."

Merle hatte eine Hose ihres ältesten Bruders aus der Truhe geholt, dazu ein Hemd, eine Mütze und dicke Wollstrümpfe. Hemd, Mütze und Strümpfe legte sie in ihren Korb, darauf die Eierkuchen und ein paar Äpfel. Sie deckte alles mit einem Tuch zu und machte sich mit dem Korb am Arm auf den Weg. Hinter der Scheune verbarg sie sich, um zu beobachten, ob Fiete ihr wieder folgte. Als sie sicher sein konnte, dass er zu Hause geblieben war, ging sie zu Bjarne hinein.

„Da bist du ja – ich habe dich gestern so sehr vermisst!" Er zog sie an sich, um sie zu küssen.

Eine Weile ließ sie es geschehen, doch dann schob sie ihn von sich. „Du bist jetzt schon fast vier Wochen hier", sagte sie, sah ihn dabei traurig an. „Mein Bruder ist misstrauisch geworden. Gestern folgte er mir. Es wird Zeit, dass du fortgehst."

„Allein, ohne dich? Aber willst du mich denn nicht mehr?" Bjarne sah sie entsetzt an. „Wir gehören doch zu…"

Schnell drückte sie eine Hand auf seinen Mund. „Ich will dich! Ich will dich mehr als alles andere! Doch es wird zu gefährlich. Wir riskieren dein Leben und auch meins. Fiete wird mich umbringen, wenn er mitbekommt, dass ich mit einem Dänen … dass du und ich ein Paar sind."

„Ja, natürlich." Das war Bjarne auch klar. Aber ein Leben ohne Merle, das wollte und konnte er sich nicht mehr vorstellen. „Komm mit mir!", flehte er sie an. Dabei zog er sie wieder an sich.

„Ich kann nicht! Ich kann die Mutter und die Muhme nicht allein zurücklassen! Nicht in diesen Zeiten, wo keiner weiß was morgen sein wird." Entschieden schüttelte sie den Kopf.

„Und wenn ich zurückkäme, wenn alles vorbei ist? Hältst du mir die Treue, wartest du auf mich?"

Merle nahm seinen Kopf in beide Hände und sah ihm

festen Blickes in die Augen. „Was immer auch geschehen mag, im Herzen bin und bleibe ich deine Frau. Nie werde ich einen anderen lieben, ich verspreche es dir!" Diesmal küsste sie ihn. „Ich muss gehen, aber ich komme heute Nacht wieder. Ein letztes Mal, um dir noch einiges mit auf den Weg zu geben." Sie ging zum Tor, warf einen Blick durch die Ritzen, ob die Luft rein war. Ein Kuss noch, dann schlüpfte sie hinaus und lief den Weg zum Fluss hinunter und von dort weiter zur Muhme.

Seit keine Mägde und Knechte mehr auf dem Hof waren, hatte Merle eine Kammer für sich allein. Zum Glück! Jetzt konnte sie unbeobachtet alles für Bjarnes Flucht vorbereiten. Sie nahm die drei Münzen aus dem Kästchen und drehte sie lange in der Hand. 'Für Notfälle', hatte die Muhme gesagt. Und war dies nicht ein Notfall? Der Mann, den sie liebte, für den sie selbst zu sterben bereit wäre, musste fliehen. Für die Holsteiner und Preußen war er der Feind. Für die Dänen ein Fahnenflüchtiger. Egal wer ihn aufgriff, immer wäre sein Leben in Gefahr. Er musste in die Niederlande, und dafür brauchte er Geld. Kurz schloss sie die Faust um die Münzen, dann machte sie sich an die Arbeit. Nähte zwei der Münzen in den Bund der Hose ein, die sie Bjarne bringen wollte, die dritte in ihren Rocksaum.

Als sie sicher sein konnte, dass alle schliefen, nahm sie ihren Korb und eine Lampe und schlich sich aus dem Haus.

Es war stockdunkel. Trotz Lampe strauchelte sie mehrmals, fiel einmal, rappelte sich wieder auf und erreichte endlich die Scheune. Bjarnes Kopf tauchte im Schein der Lampe hinter einem Heuhaufen auf. „Da bist du ja!" Er kam zu ihr und nahm sie in seine Arme, presste sie fest an sich und flüsterte ihr Liebesschwüre ins Ohr.

Mit Tränen in den Augen schob sie ihn von sich. „Mein Bruder wird keine Ruhe geben, er wird mir nachspionieren, bis er uns entdeckt hat. Du musst fort! Heute Nacht noch, denn die Dunkelheit bietet dir Schutz. Versprich es mir."

„Ich verspreche es." Er nahm ihr die Lampe aus der Hand und hängte sie an einen Nagel neben dem Tor. Dann zog er sie wieder in seine Arme und presste seine Lippen auf ihre. Es war, als würde er sich zum Abschied an ihr satttrinken wollen.

Merle befreite sich aus seinem Griff. „Bitte, wir müssen vernünftig sein! Sie holte die Hose aus ihrem Korb. „In den Bund habe ich dir zwei Goldmünzen eingenäht. Ich habe sie von meiner Patin bekommen.“

„Ja, aber …“

„Kein Aber!“, fiel sie ihm ins Wort. „Du musst dich nach Friedrichstadt durchschlagen. Dort gibt es einen, der dir eine der Goldmünzen in Kleingeld tauschen wird. Er heißt Jessen wie ich und wohnt bei der Kirche. Er ist ein Verwandter, der mir gut zugetan ist. Dann heuerst du auf einem Kahn an, fährst bis zur Nordsee mit und von dort auf einem Schiff weiter in die Niederlande. Einer wie du, der Kunstschmied ist, wird bei den Holländern sicher Arbeit finden. Und wenn du es geschafft hast, dann schick mir eine Nachricht zur Muhme.“

Sie nannte ihm die Adresse. Derweilen zog er die Hosen an, und Merle packte seine Sachen in die Decke, um daraus ein Bündel zu schnüren. Sie stellte es ans Tor, ging zu Bjarne und legte ihm die Arme um den Hals. „Die Lampe", sagte sie, „die nimmst du auch mit, damit du…"

Erschrocken fuhren die beiden auseinander, denn mit einem lauten Schlag wurde das Scheunentor aufgestoßen und Fiete fegte herein wie ein Sturmwind. „Wusste ich es doch!", schrie er. „Du hast einen hier versteckt!" Und mit einem Blick auf die Uniformjacke, die Merle morgen früh vergraben wollte: „Und ein verdammter Dänen-Hund ist der Kerl auch noch!" Damit stürzte er sich auf Bjarne, um ihm den Garaus zu machen.

Bjarne trat flink zur Seite, der Angreifer landete neben ihm im Heu. Mit Gebrüll sprang Fiete wieder auf, und diesmal stürzte auch Bjarne dem Wütenden entgegen. Sie packten sich, schlugen aufeinander ein und landeten krachend an der Scheunenwand.

Merle hatte inzwischen Bjarnes Bündel genommen und war damit nach draußen gerannt. Zitternd stand sie am Tor, hatte Angst um das Leben ihres Liebsten. Wieder landeten die beiden Männer im Heu, wieder rappelten sie sich auf. Als Fiete Bjarne einen Tritt versetzte, so hart, dass er an die Wand neben dem Tor krachte, fiel die Lampe vom Haken.

Entsetzt starrte Merle auf die Flamme, die im nächsten Moment aufloderte. Eine Scheune voller Heu, da hatte das Feuer leichtes Spiel - im Nu brannte es lichterloh!

Fiete stand hinter den Flammen, der Ausgang war ihm versperrt. Er rannte zur rückseitigen Wand und trat mit Gebrüll gegen die Latten. Bjarne war bei seinem Sturz mit dem Kopf gegen die Bretterwand geknallt, blieb einen Moment besinnungslos liegen. Merle lief zu ihm, wollte ihn aus der Scheune ziehen. Dabei krachte ein brennender Balken neben ihr auf den Grund.

„Bjarne, wir müssen raus hier!", schrie sie und rüttelte an ihm, bis er die Augen öffnete.

Sie rappelten sich auf, stolperten ins Freie.

„Wo ist dein Bruder?", keuchte Bjarne.

„Ich weiß es nicht. Er wollte hinten raus ... weiß nicht,

ob er es geschafft hat…" Mit irrem Blick sah sie Bjarne an.

„Wir müssen verschwinden", sagte er. „Gleich werden sie kommen, um das Feuer zu löschen. Und wenn sie dich zu Hause nicht finden und hier sehen …" Er brach ab.

„Der Vater wird mich totschlagen", flüsterte Merle.

Er nahm sie an der Hand. „Komm, solange noch Zeit ist!"

Sie nickte. Ja, er hatte recht, sie konnte nicht bleiben. Sie deutete auf das Bündel, das noch am Tor lag. Er packte es. Im Schein des Feuers liefen sie zum Ufer der Eider. Dort machten sie einen der Kähne los, sprangen hinein und verschwanden in der Nacht.

Das leise Plätschern, wenn die Ruder ins Wasser eintauchten, vermischte sich mit dem Geschrei am Ufer, das schon bald entstand. Noch lang konnten Merle und Bjarne die brennende Scheune sehen.

Merle weinte, und als sie nicht aufhörte, ließ Bjarne den Kahn treiben und setzte sich zu ihr. Er nahm sie in die Arme, strich zärtlich über ihr Haar. „Es tut mir leid um deinen Bruder", sagte er leise.

„Ich weine nicht nur um ihn. Ich weine vor allem um die Mutter, die ich zurücklassen muss. Um die Muhme, die ich nun nie wieder sehen werde. Und dass ihnen die Scheune abgebrannt ist, wo sie das Heu doch so dringend brauchen."

„Es tut mir leid", sagte Bjarne noch einmal. „Aber ich verspreche dir, ich werde für uns sorgen, und ich werde alles tun, damit du glücklich wirst."

Merle legte ihren Kopf an seine Schultern, nahm seine Hand und drückte sie. „Ich weiß", sagte sie. Und nach einer Weile: „Ich weiß, wir werden es schaffen."

# Unser Verlagsprogramm

**Kreuzfahrt Madeira und Kanaren–**
ISBN Buch: 978-3-946280-26-2
ISBN E-Book: 978-3-946280-34-7 / ASIN: B01F3STFFE

**Cres und Lošinj -**
ISBN Buch: 978-3-946280-54-5
ISBN E-Book: 978-3-946280-53-8 / ASIN: B07B8NRDL2

**Krk –**
ISBN Buch: 978-3-946280-17-0
ISBN E-Book: 978-3-946280-12-5 / ASIN: B017WDI53G

**Amsterdam –**
ISBN Buch: 978-3-946280-21-7
ISBN E-Book: 978-3-946280-04-0 / ASIN: B015WKTX8W

**Avignon -**
ISBN Buch: 978-3-946280-49-1
ISBN E-Book: 978-3-946280-48-4 / ASIN: B074C61QS5

**Nürnberg -**
ISBN Buch: 978-3-946280-18-7
ISBN E-Book: 978-3-946280-00-2 / ASIN: B015WKTUNU

**München -**
ISBN Buch: 978-3-946280-28-6
ISBN E-Book: 978-3-946280-29-3 / ASIN: B01NH9HJPM

**Salzburg -**
ISBN Buch: 978-3-946280-24-8
ISBN E-Book: 13: 9783946280019 / ASIN: B0158B5ZC8

**Kopenhagen -**
ISBN Buch: 978-3-946280-25-5
ISBN E-Book: 978-3-946280-03-3 /ASIN: B015D045U2

**Danzig -**
ISBN Buch: 978-3-946280-23-1
ISBN E-Book: 978-3-946280-06-4 / ASIN: B015WKTRA6

**Sevilla –**
ISBN Buch: 978-3-946280-22-4
ISBN E-Book: 978-3-946280-09-5 / ASIN: B015WKTK8K

**Prag –**
ISBN Buch: 978-3-946280-20-0
ISBN E-Book: 978-3-946280-08-8 / ASIN: B015WKTUNU

**Trier –**
ISBN Buch: 978-3-946280-36-1
ISBN E-Book: 978-3-946280-35-4 / ASIN: B01IDCGDES

**Venedig -**
ISBN Buch: 978-3-946280-19-4
ISBN E-Book: 978-3-946280-10-1 / ASIN: B015WKU1I8

# Radreisen-Ratgeber

**Radreisen – Alles, was Sie wissen müssen**
**Angeline Bauer und René Prümmel**
ISBN Buch:    978-3-946280-62-0
ISBN E-Book: 978-3-946280-61-3 / ASIN: B0848HM8WC

**Weser – Elbe – Weser-Harz-Heide -**
Drei Radfernwege zu einer Radreise zusammengefasst
ISBN Buch: 978-3-946280-67-5
ISBN E-Book: 978-3-946280-66-8 / ASIN : B08RYYVDRN

**Der Innradweg auf zwei Rädern und vier Pfoten –**
ein heiterer Erlebnisbericht mit vielen praktischen
Reisetipps für Mensch und Hund
ISBN Buch: 978-3-946280-58-3
ISBN E-Book: 978-3-946280-44-6 / ASIN: B01MS9LNHO

## Ratgeber

**Von Trennung, Tod und Trauer – Angeline Bauer**
ISBN Buch: 978-3-946280-32-3
ISBN E-Book: 978-3-946280-02-6 / ASIN: B015D045U2

**Angst überwinden und stark sein – Angeline Bauer**
ISBN Buch: 978-3-946280-31-6
ISBN E-Book: 978-3-946280-05-7 / ASIN: B015WKTRYW

**So finde ich mein Glück – Angeline Bauer**
ISBN Buch: 978-3-946280-30-9
ISBN E-Book: 978-3-946280-07-1 / ASIN: B015WKTWRY

**Von der Kunst, einen Liebesroman zu schreiben**
ISBN Buch: 978-3-946280-51-4
ISBN E-Book: 978-3-946280-50-7 / ASIN: B074Z5VY3K

**Die Holunderküche -**
ISBN Buch: 978-3-946280-40-8
ISBN E-Book: 978-3-946280-11-8 / ASIN: B017WCDE1

**Können Igel fliegen?**
Alles, was Kinder über Igel wissen wollen
ISBN E-Book 978-3-946280-68-2
ISBN Buch 978-3-946280-69-9 / ASIN:B094NGBW6J

### 'Lesefutter' aus unserem Verlag

**Perle aus der Hundefabrik – Angeline Bauer**
Acht berührende Hundegeschichten
ISBN E-Book: 978-3-946280-74-3
ISBN Buch: 978-3-946280-75-0 / ASIN:  B0BKH23GK9
**Verhängnisvolle Liebe einer Hofnärrin – Angeline Bauer**
Historischer Roman
ISBN Buch: 978-3-946280-70-5

ISBN E-Book 978-3-946280-71-2 / ASIN: B09NW7T162

**Mord mit Herz - Ronda Hendrikus**
Acht Ladykrimis für zwischendurch
ISBN E-Book: 978-3-946280-13-2 / ASIN: B0182GC8JY

**Verlorene Töchter - Ronda Hendrikus**
Sieben Ladykrimis für zwischendurch
ISBN E-Book: 9783946280415 / ASIN: B01MSY9JRO

**Cognac mit Schuss - Ronda Hendrikus**
Acht Ladykrimis für zwischendurch
ISBN E-Book: 978-3-946280-15-6 / ASIN: B018K9SH16

**Geliebter Mörder - Ronda Hendrikus**
Sieben Ladykrimis für zwischendurch
ISBN E-Book: 978-3-946280-14-9 / ASIN: B018K9SV76

**Seine letzte Bahnfahrt - Ronda Hendrikus**
Neun Ladykrimis für zwischendurch
ISBN E-Book 978-3-946280-63-7 / ASIN: B088HGHVB6

**Oje, du fröhliche ... - Friederike Costa**
Vierzehn Weihnachtsgeschichten
ISBN E-Book: 978-3-946280-16-3 / ASIN: B018UJZF8E

**Oma, hast du Strapse? - Friederike Costa**
18 Kurzgeschichten für Frauen im besten Alter
ISBN E-Book: 978-3-946280-37-8 / ASIN: B01LF7QIWK

**Liebe süß und scharf – Friederike Costa**
13 Kurzgeschichten mit Rezepten
ISBN E-Book: 9783946280422 / ASIN: B01N7K6FQN

**Die Liebe einer Königin – Lina-Sophia Clement**
Acht historische Kurzromane
ISBN E-Book: 978-3-946280-55-2 / ASIN: B07CK7MSVT

**Schokolade für die Liebe – Lina-Sophia Clement**
Sieben historische Kurzromane
ISBN E-Book: 978-3-946280-56-9 / ASIN: B07F6XZ7KF

**Tausend Sterne über der Wüste – Lina-Sophia Clement**
Acht historische Kurzromane
ISBN E-Book: 978-3-946280-57-6 / ASIN: B07K6JDNNL

**Die Tanztruppe vom dritten Stern rechts**
**Angeline Bauer /** Jugendbuch – Ballett
ISBN Buch: 978-3-946280-73-6
ISBN E-Book: 978-3-946280-72-9   / ASIN:  B0B8VSRR31


Und mehr - unter www.by-arp.de